Fabian Lenk

1000 Gefahren in den USA

In der Reihe „1000 Gefahren“ sind erschienen:

RTB 52340 · Edward Packard, *Die Insel der 1000 Gefahren*
RTB 52343 · Edward Packard, *1000 Gefahren zur Geisterstunde*
RTB 52344 · R. A. Montgomery, *Der Urwald der 1000 Gefahren*
RTB 52345 · Fabian Lenk, *Das Meer der 1000 Gefahren*
RTB 52346 · Fabian Lenk, *Die Pyramide der 1000 Gefahren*
RTB 52361 · Fabian Lenk, *Das Fußballspiel der 1000 Gefahren*
RTB 52363 · Fabian Lenk, *Die Wüste der 1000 Gefahren*
RTB 52366 · Edward Packard, *1000 Gefahren im Weltall*
RTB 52396 · Fabian Lenk, *1000 Gefahren auf dem Piratenschiff*
RTB 52397 · Edward Packard, *1000 Gefahren im Strafraum*
RTB 52407 · Fabian Lenk, *1000 Gefahren im Gruselschloss*
RTB 52408 · Frank Stieper, *1000 Gefahren – Angriff der Roboterspinnen*
RTB 52426 · Frank Stieper, *Das Labor der 1000 Gefahren*
RTB 52437 · Frank Stieper, *1000 Gefahren im Internet*
RTB 52463 · Fabian Lenk, *1000 Gefahren in der Drachenhöhle*
RTB 52474 · Fabian Lenk, *1000 Gefahren bei den Rittern der Tafelrunde*
RTB 52475 · Edward Packard, *1000 Gefahren am Katastrophentag*
RTB 52498 · Fabian Lenk, *1000 Gefahren im alten Rom*
RTB 52501 · Fabian Lenk, *1000 Gefahren im Reich des Pharao*
RTB 52516 · Fabian Lenk, *1000 Gefahren im Fußballstadion*
RTB 52526 · Fabian Lenk, *1000 Gefahren bei den Dinosauriern*
RTB 52541 · Fabian Lenk, *1000 Gefahren bei den Indianern*
RTB 52542 · Fabian Lenk, *1000 Gefahren im Reich des Maharadschas*
RTB 52549 · Fabian Lenk, *Das Handy der 1000 Gefahren*
RTB 52550 · Fabian Lenk, *Die Safari der 1000 Gefahren*
RTB 52555 · Fabian Lenk, *Agent der 1000 Gefahren*
RTB 52556 · Fabian Lenk, *1000 Gefahren in den USA*

Fabian Lenk

1000 GEFAHREN
DU ENTSCHEIDEST SELBST!

1000 Gefahren in den USA

Mit Illustrationen
von Rolf Bunse

Ravensburger Buchverlag

MIX
Aus verantwortungsvollen Quellen
FSC® C114500

Als Ravensburger Taschenbuch
Band 52556
erschienen 2016

Coverillustration: Stefani Kampmann

Printed in Germany

1 2 3 4 D C B A

ISBN 978-3-473-52556-0

www.ravensburger.de

Warnung!

Lies dieses Buch nicht in einem Zug von vorne bis hinten durch. Es enthält verschiedene Abenteuer, die du in den USA erleben kannst. Oft darfst du beim Lesen zwischen mehreren Möglichkeiten wählen. Wenn du dich für einen Weg entschieden hast, dann folge den Anweisungen, um herauszufinden, was als Nächstes passiert.
Aber Vorsicht! Deine Touren durch die USA führen dich an abenteuerliche, aber auch sehr gefährliche Orte. Ob beim Raften durch den Grand Canyon, bei einem Pokerspiel in Las Vegas oder bei einer geheimnisvollen Kofferübergabe im Empire State Building – überlege dir gut, wie du dich entscheidest, denn jede falsche Entscheidung kann lebensgefährlich sein.

Viel Glück!

Wow, du hast wirklich den coolsten Job überhaupt! Du arbeitest bei „Adventure Holidays" und deine Aufgabe ist es, Urlaubern deine einzigartige Heimat USA zu zeigen. Okay, natürlich nicht alle Ecken dieses gewaltigen Landes. Schließlich umfasst es knapp zehn Millionen Quadratkilometer und hat fast 320 Millionen Einwohner. Aber ein paar Highlights schon: zum Beispiel deine Heimatstadt New York City mit ihren gewaltigen Hochhäusern und Straßenschluchten. Oder das Spielerparadies Las Vegas mit all seinen bunten Lichtern und Attraktionen. Hier scheint fast immer die Sonne. Selbst im Winter fällt die Temperatur selten unter 20 Grad. Und im Sommer wird täglich die 30-Grad-Marke geknackt. Herrlich!

In beiden Städten hat „Adventure Holidays" Niederlassungen. Mal wirst du in New York eingesetzt, mal in Las Vegas. Du betreust Reisegruppen, zeigst den Touristen die Sehenswürdigkeiten, unternimmst mit ihnen spannende Ausflüge und passt auf, dass sie in Las Vegas nicht zu viel Geld in den Casinos verpulvern.
Und euer Name „Adventure Holidays" ist natürlich Programm, das ist klar. Die Leute, die ihren Urlaub bei euch buchen, wollen nicht nur den ganzen Tag durch Museen laufen und alte Bilder anschauen, sie wollen auch knallharte Action und Nervenkitzel – sei es bei einer Rafting-Tour oder am Spieltisch.

Lies weiter auf Seite 8

Die Touren beginnen immer montags und deshalb treffen sich alle Mitarbeiter von „Adventure Holidays" jeden Sonntag zur Teambesprechung.
So auch heute.
Euer Chef Toni ist wie immer absolut im Stress. Vor ihm liegen zwanzig Schnellhefter, einer für jeden von euch Guides. Sie enthalten eine Liste mit den Namen der Touristen in eurer Gruppe und eine Übersicht über den Programmablauf. Das Programm kennst du natürlich. Neu sind nur die Teilnehmer.
Toni schaut euch der Reihe nach an.
„Denkt dran", trichtert er euch ein, „die Leute haben viel Geld für ihren Urlaub gezahlt. Der muss etwas Besonderes werden, und genau dafür haben wir zu sorgen. Unsere Gäste müssen unvergessliche Momente erleben."
Jaja, denkst du, das wissen wir doch alles. Und das kriegen wir auch hin. Denn das ist unser Job, und wir lieben ihn!
„Okay!" ruft Toni und wedelt mit einer der Mappen. „Wie ihr seht, habe ich euch wieder Unterlagen zusammengestellt. Wie immer wird ein Teil von euch nach Las Vegas fliegen, der andere Teil bleibt hier in New York."
Hm, du bist noch ein wenig unschlüssig, worauf du mehr Lust hast. Beide Städte haben ihre Reize.

Lies weiter auf Seite **9**

Tonis Handy klingelt mal wieder mitten in der Besprechung und er meldet sich. Hektisch kritzelt er etwas auf einen Block, dann fährt er fort.

In New York hat Toni zwei verschiedene Programme geplant. Bei der „Best of"-Tour stehen Klassiker wie die Freiheitsstatue und der „Theatre District" mit seinen vierzig Theatern auf dem Programm, bei der Tour „New York von oben" sind es die vielen Wolkenkratzer der Stadt.

„Und in Las Vegas habe ich drei Touren organisiert", sagt Toni. „Zum einen die Casino-Tour, bei der ihr in der Stadt bleibt und mit euren Gästen die Casinos und die Shows besucht. Dann eine actionreiche Rafting-Tour auf dem Colorado River und drittens eine ziemlich anstrengende Wanderung durch den Nationalpark mit einigen Übernachtungen. Das ist Natur pur, einfach sensationell! So, Leute, jetzt seid ihr dran: Wer macht was?"

Wenn du die Best-of-Tour in New York wählst, lies weiter auf Seite **43**

Wenn du die Wolkenkratzer-Tour in New York übernimmst, lies weiter auf Seite **14**

Wenn du dich für die Casino-Tour entscheidest, lies weiter auf Seite **107**

Wenn du dich fürs Rafting meldest, lies weiter auf Seite **77**

Wenn du in den Nationalpark willst, lies weiter auf Seite **11**

„So ist's fein, Kleiner!", zischt dir einer der Typen zu, der ungefähr doppelt so breit ist wie du und einen Revolver gezückt hat.
Er schnappt sich die Beute und springt mit seinem Komplizen in den Geländewagen. Dann rast das Auto davon.
Du kümmerst dich um Hans Haber. Er ist unverletzt. Schon hörst du die Sirene eines Polizeiwagens.
„Kennen Sie diese Typen?", fragst du Haber.
„Nein", antwortet er.
„Darf ich fragen, was in dem Koffer ist?"
„Nein", wiederholt er. Habers Augen flackern nervös. Er tritt dicht an dich heran. „Und noch etwas: Diesen Koffer gibt es gar nicht. Sie haben ihn nie gesehen. In Ordnung? Ich gebe Ihnen zehntausend Dollar, wenn Sie schweigen. Lassen Sie uns von hier verschwinden, bevor die Polizei da ist und Fragen stellt."

**Wenn du dich darauf einlässt,
lies weiter auf Seite** **69**

**Wenn du dich weigerst,
lies weiter auf Seite** **60**

Du triffst deine Gruppe in Las Vegas und zeigst den Touristen einen Tag lang das schillernde Zocker-Paradies. Abends gibt es ein leckeres Barbecue mit Bergen an Fleisch. Dazu werden höllisch scharfe Soßen gereicht.
Am nächsten Tag fahrt ihr zum Grand Canyon National Park. Unterwegs erzählst du einiges über euer Ziel – zum Beispiel, dass der Canyon durch den Colorado River entstand, der sich in vielen Millionen Jahren durch das Gestein gegraben hat.
„Der Grand Canyon ist eine 450 Kilometer lange Schlucht, die zwischen sechs und dreißig Kilometern breit und an einigen Stellen 1800 Meter tief ist", berichtest du. „Aber hier gibt es nicht nur eine sensationelle Landschaft zu sehen … wenn wir ein wenig Glück haben, sehen wir auch Pumas, Kalifornien-Kondore oder Rotluchse!" Und einen Schatz, fügst du in Gedanken hinzu. Aber den werde nur ich sehen …
Für deine zehnköpfige Gruppe hast du zunächst den berühmten „South Kaibab Trail" ausgewählt. Die Strecke ist nur etwa zehn Kilometer lang, führt aber über 1400 Höhenmeter. Doch damit nicht genug. Im Anschluss willst du deine Gruppe in Gegenden führen, die bisher noch kein Tourist betreten hat. Dafür hast du mehrere Übernachtungen in Zelten geplant. Das verspricht Abenteuer pur! Doch als ihr tags darauf aufbrecht, erlebst du eine Überraschung. Ein Tourist hat Turnschuhe statt Wanderstiefel dabei.

Wenn du ihn zurückschickst,
lies weiter auf Seite 71

Wenn du ihn trotzdem mitnimmst,
lies weiter auf Seite 101

Treffpunkt mit der Reisegruppe ist ein schickes Hotel in Lower Manhattan. Dort sind die zwanzig Touristen deiner Gruppe untergebracht. Sie stammen fast alle aus Deutschland.
Luca von Winterberg erkennst du sofort. Schließlich hast du gestern im Internet jede Menge Fotos von ihm gesehen.
Bei einem Begrüßungscocktail stellst du dich und das Programm für die nächsten Tage mit einer Powerpoint-Präsentation vor.
„Heute werden wir zunächst einmal Miss Liberty besuchen, die Freiheitsstatue“, kündigst du an. Alle sind begeistert. Nur Luca von Winterberg wirkt gelangweilt.

Die Sonne strahlt, als ihr kurz darauf in ein kleines Boot steigt, das euch zu dem berühmten, knapp einhundert Meter hohen Wahrzeichen bringen wird. Es liegt auf einer Insel namens Liberty Island im Hafen von New York.
Das Boot hat „Adventure Holidays“ nur für deine Gruppe gechartert. Den Kapitän kennst du. Doch heute steht ein anderer Mann am Steuer.
„Hi, ich bin William“, begrüßt er dich freundlich. „Toni weiß Bescheid, dass ich euch heute zur Statue bringe.“

Wenn du bei Toni nachfragen willst,
lies weiter auf Seite **24**

Wenn du William glaubst,
lies weiter auf Seite **25**

Du wirbelst herum und schlägst mit der Taschenlampe zu. Doch der Hieb geht ins Leere.
Dafür bekommst du einen Schlag mit einem Gewehrkolben verpasst. Du gehst zu Boden und weißt: Das ist dein

Ende

Du liebst diese Ungetüme aus Stahl, Beton und Glas. Den Touristen aus deiner Gruppe geht es ebenso. Sie haben sich mit ihren erstklassigen Kameras bewaffnet und folgen dir nach dem üblichen Begrüßungscocktail im Hotel zu ein paar besonders spektakulären Wolkenkratzern, darunter das „One World Trade Center", das mit seinen 541 Metern das höchste Gebäude der Vereinigten Staaten ist, und der „Bank of America Tower", der es immerhin auf 366 Meter bringt. Ihr streift durch die pulsierende Stadt und fotografiert die faszinierenden Bauten erst einmal von unten. Dann geht es hinauf zu den Aussichtspunkten. Von dort habt ihr eine sensationelle Aussicht auf die Millionenstadt am Hudson River. Die Touristen sind begeistert, die Stimmung ist bestens. Wie im Flug vergeht der Tag.
Abends genießt ihr ein erstklassiges Büfett in eurem Hotel und schaut euch danach gemeinsam die Ausbeute der Foto-Tour an.
Zu später Stunde beugt sich einer der Touristen, ein älterer Herr namens Hans Haber, zu dir und raunt dir ins Ohr: „Ich bin nach der ganzen Rennerei heute nicht mehr so gut zu Fuß. Würden Sie mir einen Gefallen tun und für mich einen Aktenkoffer zu einem Treffpunkt im Empire State Building bringen?"
Ein sehr ungewöhnlicher Wunsch, zumal um diese Uhrzeit …
„Ich gebe Ihnen 500 Dollar", lockt Haber.

Wenn du den Koffer abliefern willst,
lies weiter auf Seite **16**

Wenn du das lieber lässt,
lies weiter auf Seite **33**

500 Dollar sind nicht zu verachten! Also willigst du ein.
„Geben Sie den Koffer einem gewissen Don Frederico. Er wird Ihnen dafür einen braunen Umschlag geben. Damit kommen Sie wieder zu mir", sagt Haber. „Sie werden diesen Umschlag natürlich nicht öffnen."
„Ist klar", sagst du schnell und flitzt los.
Eine Viertelstunde später erreichst du das Empire State Building in der berühmten Fifth Avenue. Du kannst dich am Anblick dieses dritthöchsten Gebäudes von New York kaum sattsehen. Es hat 102 Etagen. Bis zur Antennenspitze schraubt es sich 443 Meter in den nächtlichen Himmel über der Millionenstadt.
Von einem der Pförtner erfährst du, dass Don Frederico seine Büros in der 96. Etage hat. Du nimmst einen der 73 Aufzüge und gleitest mit dem Koffer nach oben. Du bist allein im Lift. Doch plötzlich bleibt er stecken – und zwar zwischen dem 55. und dem 56. Stockwerk. Dann fällt auch noch das Licht in der Kabine aus. Nur der Notrufknopf ist beleuchtet. Du drückst ihn und wartest darauf, dass sich jemand meldet, der dir helfen kann. Doch nichts geschieht. Hat es einen kompletten Stromausfall gegeben? Panik beschleicht dich. Was sollst du tun?

Wenn du versuchst, aus der Kabine zu klettern, lies weiter auf Seite 34

Wenn du erst einmal abwartest, lies weiter auf Seite 86

Du springst ins Wasser und kraulst los.
Mann, ist das kalt! Die Kälte des Flusses trifft dich wie ein Schlag und raubt dir den Atem. Deine Arme und Beine werden schwer, du bekommst Krämpfe.
Außerdem ist die Strömung stärker als erwartet – und dir wird klar, dass du einen furchtbaren Fehler gemacht hast.
Aber diese Erkenntnis kommt zu spät …

Ende

„Okay, wann und wo?“, fragst du.
„Wir holen Sie in einer halben Stunde ab. Unten, an der Rezeption.“
Damit ist das Gespräch beendet.
Nervosität packt dich. Auf was lässt du dich da bloß ein?
Ach was, sagt eine andere Stimme in dir. Wenn es dir zu bunt wird, bläst du die Sache einfach ab und fährst wieder nach Hause.
Schnell läufst du zur nächsten Bank und hebst eine Menge Bargeld ab. Falls die Leute mit dir in ein Casino fahren, willst du dich schließlich nicht blamieren, indem du nur ein paar Dollarscheine bei dir hast, die du einsetzen kannst. Andererseits ... das ist schon ein ganzer Haufen Geld.
Du versuchst dich mit dem Gedanken zu beruhigen, dass du das Geld ja wieder einzahlen kannst, wenn du es nicht brauchst. Und vielleicht wirst du ja wirklich reich!
Pünktlich stehst du an der Rezeption.
Ein Mann in einem sündhaft teuren Anzug steuert zielstrebig auf dich zu. Er trägt eine goldene Uhr und eine Sonnenbrille, obwohl es bald Mitternacht ist.
„Sind Sie bereit?“, fragt er dich statt einer Begrüßung.
Du nickst, und er führt dich zu einer pinkfarbenen Stretchlimousine. Du wirfst einen Blick ins Wageninnere.
Ach, du Schande! Da drinnen sitzen zwei Typen an einem Tisch, auf dem eine Knarre liegt.

Wenn du einsteigst,
lies weiter auf Seite **30**

Wenn du zurück ins Hotel gehst,
lies weiter auf Seite **51**

Du weißt, wie wichtig dem Touristen die Fotos sind und lässt dich breitschlagen.
Vorsichtig klettert ihr hinunter. Immer wieder kullern kleine Steine unter deinen Schuhen weg. Aber ihr kommt gut voran – gleich seid ihr ganz nah an dem Plateau mit dem Puma!
Doch an einer besonders steilen Stelle rutscht der Tourist, der hinter dir läuft, aus. Er versucht, sich irgendwo festzuhalten und erwischt deinen Rucksack. Schreiend stürzt ihr in den Canyon.

Ende

20 Mit einem *Krach!* knallst du die Tür zu. Hektisch greifst du zum Schlüssel und willst ihn umdrehen, aber weil du so zitterst, fällt er dir aus der Hand!

Du bückst dich, um ihn aufzuheben und erneut ins Schloss zu stecken.

Doch in diesem Moment ist William bereits an der Tür – und du weißt: Das ist dein

Ende

Nachdem schließlich alles vorbereitet ist, kann es losgehen. Ihr alle tragt Helme und Westen.
Euer Boot, das Raft, ist sechs Meter lang und zweieinhalb Meter breit. Es besteht aus sehr robustem, mehrlagigem Gummigewebe und hat mehrere voneinander getrennte Luftkammern. Gesteuert und vorangetrieben wird das Raft mit Stechpaddeln. Du sitzt ganz hinten und lenkst.
Hoffentlich geht alles gut, denkst du. Du bist ein wenig nervös, weil du zum ersten Mal ein solches Boot steuerst, während du die Verantwortung für eine Reisegruppe hast.
Zunächst geht es noch recht gemächlich voran. Ihr genießt die einmalige Landschaft, die an euch vorbeizieht.
„Aber ich muss Sie vorwarnen!“, rufst du deinen Gästen zu. „Das Wasser bleibt nicht so ruhig. Bis zu unserem Ziel liegen noch einunddreißig Stromschnellen vor uns!“
„Sehr gut, wir wollen Action!“, ruft einer der jungen Männer und lacht.
Kurz darauf zieht die Strömung deutlich an, das Boot wird schneller und schneller. Gischt spritzt über die dicken Bootswände, das Raft wird ordentlich durchgeschüttelt. Vor euch liegt eine besonders schmale Stelle des Colorado. Am rechten Ufer liegt ein mächtiger Baumstamm halb im Wasser, links ragen spitze Steine aus dem Wasser.

Wenn du nach rechts steuerst,
lies weiter auf Seite **42**

Wenn du dich links hältst,
lies weiter auf Seite **36**

Du stellst den Koffer ab und versuchst, die beiden Aufzugstüren auseinanderzuschieben. Es gelingt!
Super, weiter!
Jetzt musst du es nur noch schaffen, dich irgendwie durch den Spalt zu zwängen.
Du mobilisierst all deine Kräfte und ziehst dich nach oben – doch da geschieht es: Der Lift setzt sich wieder in Bewegung, er fällt wie ein Stein in die Tiefe!
Und du? Du kannst dich gerade so festhalten und kletterst zwischen den Aufzugstüren hindurch in den Flur.
Gerettet!
Das gilt natürlich nicht für den Koffer, der mit dem Lift in die Tiefe gerauscht ist.

Aber das ist dir jetzt vollkommen egal. Kraftlos wankst du zurück ins Hotel. Als du Hans Haber erzählst, was passiert ist, macht er sich entsetzt doch selbst auf den Weg ins Empire State Building, um den Koffer zu finden.
Am nächsten Tag erfährst du, dass Haber verhaftet wurde. Denn in dem Koffer waren Diamanten aus einem großen Raubzug. Die heiße Ware wollte Haber an einen Mafioso verkaufen, und du solltest der Kurier sein! Wie gut, dass diese Rechnung nicht aufgegangen ist.

Ende

Du reißt eine der Schubladen hinter dir auf, weil du hoffst, dort ein Messer oder eine ähnlich gute Waffe zu finden. Doch da tritt Luca fest gegen die Schublade und klemmt deine Hand ein. Schnell nehmen dir die Entführer die Pfanne ab. Nun hast du keine Chance mehr gegen die Kerle …

Ende

24

Du holst dein Smartphone aus der Tasche und wählst die Nummer von Toni. Dabei drehst du diesem William den Rücken zu. Ein Fehler.
Denn William ist nicht der, für den er sich ausgibt. Er gehört zu einer Bande von Entführern, die vorhat, Luca von Winterberg zu kidnappen und ein Lösegeld in Millionenhöhe von seinem Vater zu erpressen.
Und dabei bist du im Weg.
William schaltet dich aus, bevor du Toni erreichst.

Ende

Vor euch liegt die berühmte Statue, hinter euch die Skyline von New York mit ihren unzähligen Wolkenkratzern. Darüber wölbt sich ein stahlblauer Himmel – was für ein Anblick! Nicht nur die Touristen in deiner Gruppe sind hin und weg, auch du bist es. New York zieht dich eben immer wieder in seinen Bann.

Doch plötzlich ändert William den Kurs und hält sich backbord.

„He, was soll das?“, fragst du und läufst zu ihm.

Mit einem kalten Lächeln zieht William eine Pistole hervor und richtet sie auf dich. Die Touristen sind so damit beschäftig, Fotos zu knipsen, dass sie nichts davon mitbekommen.

„Halt die Klappe!“, zischt William. „Du solltest besser nicht den Helden spielen, wenn dir dein Leben lieb ist.“

Erschrocken starrst du ihn an. Was wird hier gespielt?

Plötzlich taucht eine Yacht auf. William drosselt das Tempo, sodass das andere Boot längsseits gehen kann. Jetzt bemerken einige der Touristen doch, dass etwas nicht stimmt, und sehen dich fragend an.

William hat die Pistole wieder versteckt und wirft einem Mann auf der Yacht eine Leine zu. Für einen kurzen Moment ist er abgelenkt.

**Wenn du versuchst,
William die Waffe abzunehmen,
lies weiter auf Seite** **58**

**Wenn du dich das nicht traust,
lies weiter auf Seite** **40**

Der Koffer behindert dich zwar beim Klettern, aber du möchtest deinen Auftrag natürlich ausführen. Also probierst du es. Mit der rechten Hand hältst du dich an einem der Stahlseile fest, die linke Hand umklammert den Griff des Koffers.
Es gelingt dir, Meter für Meter nach oben zu klettern. Schweiß steht auf deiner Stirn, deine Muskeln beginnen zu brennen. Plötzlich hörst du ein Summen. Was ist das?
Du wirfst einen Blick nach unten. Oh nein, der Aufzug hat sich wieder in Bewegung gesetzt und kommt auf dich zu!

Wenn du dich dicht an die Schachtwand presst, lies weiter auf Seite 57

Wenn du auf das Dach der Kabine springst, lies weiter auf Seite 39

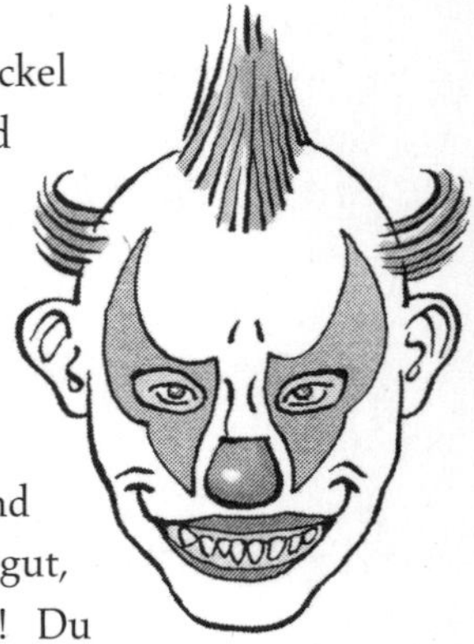

Vorsichtig steigst du auf den Klodeckel und ziehst dich an der Kabinenwand nach oben. Beinahe lautlos gelangst du in das angrenzende Abteil.
In diesem Moment kracht auch schon die Tür zu der Kabine auf, in der du gerade noch gewesen bist.
Du schlüpfst aus der anderen und siehst den Rücken des Täters. Wie gut, dass du ein wenig Karate kannst! Du streckst den Kerl nieder und schickst ihn ins Reich der Träume.
Der Mistkerl trägt eine Clownsmaske. Irgendwie lustig …
Schnell verständigst du die Polizei.
Dann schnappst du dir das Gewehr des Täters und schleichst aus dem Toilettenraum. Hinter einer Reihe von Glücksspielautomaten gehst du in Deckung und siehst, wie die übrigen vier Täter in Panik geraten, als sie die Sirenen hören.
Sie treiben die Gäste zusammen und nehmen sie als Geiseln.
Kurz darauf ist das Casino von einem Großaufgebot der Polizei umstellt. Jetzt erst bemerken die Gangster, dass einer von ihnen fehlt.

**Wenn du zum Angriff übergehst,
lies weiter auf Seite 112**

**Wenn du dich erst einmal zurückziehst,
lies weiter auf Seite 64**

Am nächsten Morgen trefft ihr euch zum gemeinsamen Frühstück. Alle sind da, nur einer fehlt: Hans Haber.
Du rufst in seinem Zimmer an, aber dort nimmt niemand den Hörer ab.
Seltsam …
Schließlich erfährst du an der Rezeption, dass Haber gestern Nacht offenbar nicht wieder ins Hotel zurückgekehrt ist.
Du ahnst, dass etwas Furchtbares passiert sein muss, und benachrichtigst die Polizei.
Doch Hans Haber bleibt verschwunden und du bist dir ziemlich sicher, dass das etwas mit dem geheimnisvollen Koffer zu tun hat …

Ende

Die Limousine gleitet elegant durch die Nacht, durch eine Welt von Glitzer, Prunk und schreiend grellen Farben. Deine Begleiter machen sich noch nicht einmal die Mühe, sich vorzustellen. Sie schweigen, geben sich unendlich cool.
Vor einer cremefarbenen Villa stoppt der Wagen. Ein hohes Tor schwingt auf und die Stretch fährt in eine Tiefgarage. Die Männer schieben dich wortlos in einen Aufzug, der dich in einen Salon im Erdgeschoss der Villa bringt.
Dort sitzen mehrere Männer und Frauen um einen Spieltisch. Sie nicken dir knapp zu. Du nimmst auf dem einzigen freien Stuhl Platz.
Dann eröffnet ein Mann im Smoking – der Dealer – eine Pokerrunde und bittet euch um eure Einsätze. Du lässt dich nicht lumpen und legst lässig hundert Dollar auf den Tisch.
Nun verteilt der Dealer die ersten Karten an euch Spieler. Du wirfst einen flüchtigen Blick auf deine drei. Ein König, eine Dame, eine Neun. Ganz schwach, so ein Mist!

**Wenn du bluffst,
lies weiter auf Seite** **45**

**Wenn du dich zurückhältst,
lies weiter auf Seite** **61**

Durch eine weitere Spalte gelangt ihr in einen niedrigen Stollen. Stumm schreiten die beiden Indianer vor dir her. Nach einem kurzen Marsch erreicht ihr eine weitere Höhle, die noch größer ist als die erste.

Es verschlägt dir den Atem. Im Licht der Taschenlampe glitzert es überall golden, die Wände sind mit fantastischen Zeichnungen von Tieren, Sternen und menschenähnlichen Wesen überzogen. Immer wieder ist auch der Gott Kookopölö zu sehen.

An einer Stelle liegen Skelette auf Emporen.

„Das sind unsere Häuptlinge aus längst vergangenen Zeiten", murmelt einer der Wächter.

Du nickst ehrfurchtsvoll.

„Nun hast du unseren heiligsten Ort gesehen. Doch es besteht die Gefahr, dass du ihn verrätst", fährt der Mann fort.

„Nein!", sagst du mit fester Stimme.

Die Wächter schauen dir erneut in die Augen. Dann sagt einer von ihnen: „Wir glauben dir – und daher darfst du gehen."

Kurz darauf bist du wieder in deinem kleinen Camp. Dort sorgst du dafür, dass der Dieb verhaftet wird.

Du bewahrst das Geheimnis der Hopi für immer. Kein Wort kommt über deine Lippen.

Ende

Wird das Casino etwa gerade überfallen?
Du schließt dich in einer Kabine ein und wartest mit klopfendem Herzen. Erst jetzt kommst du auf die Idee, mit dem Handy Hilfe zu holen. Doch als du die Notrufnummer wählen willst, kracht die Tür zum Toilettenraum auf. Vorsichtig spähst du unter der Tür deiner Kabine hindurch.
Jemand steuert genau auf dich zu – und der Typ hat ein Gewehr!

Wenn du versuchst,
in die angrenzende Kabine zu fliehen,
lies weiter auf Seite **28**

Wenn du in der Kabine bleibst,
um keine verräterischen Geräusche zu machen,
lies weiter auf Seite **48**

Du bist misstrauisch und erwiderst: „Tut mir leid, aber ich bin Ihr Fremdenführer im Urlaub. Private Aufträge, die nichts mit der von Ihnen gebuchten Reise zu tun haben, kann ich nicht übernehmen. Ich kann Ihnen aber gerne ein Taxi rufen. Der Fahrer wird die Sache für Sie erledigen."
Hans Haber schnauft verächtlich. „Der Inhalt des Koffers ist sehr wertvoll. Den Fahrer kenne ich nicht, also kann ich ihm nicht vertrauen", sagt er. „Dann muss ich es eben doch selbst erledigen."
Die Sache lässt dir keine Ruhe. Was ist in dem Koffer?
Wenig später verlässt Haber das Hotel mit einem unscheinbaren Aktenkoffer.

**Wenn du ihm folgst,
lies weiter auf Seite** **47**

**Wenn du im Hotel bleibst,
lies weiter auf Seite** **29**

Oben in der Kabine entdeckst du eine Klappe. Du stellst dich auf den Koffer, was eine ziemlich kipplige Angelegenheit ist, und schaust dir die Luke genauer an. Nachdem du ein bisschen daran herumgefummelt hast, lässt sich die Klappe problemlos öffnen. Kurzerhand ziehst du dich hinauf.
Irre! Du stehst in einem senkrechten Schacht, der notdürftig erhellt ist. Stahlseile führen von der Kabine aus scheinbar endlos in die Höhe. Der Schacht selbst ist überall mit Streben verstärkt. Du bist ziemlich sportlich und es sollte dir gelingen, daran hochzuklettern. Vielleicht findest du ja irgendwo eine Tür …
Aber was ist mit dem Koffer?

**Wenn du ihn mitnimmst,
lies weiter auf Seite 26**

**Wenn du ihn im Aufzug lässt,
lies weiter auf Seite 109**

Die Gruppe verzeiht dir deine Vergesslichkeit. Du musst ein paar stichelnde Bemerkungen über dich ergehen lassen, aber das war es auch schon.
Bei Anbruch der Dunkelheit wollt ihr auf dem schmalen Sandstreifen grillen. Doch da beginnt es zu regnen. Das ist ungewöhnlich für diese Jahreszeit. Erst tröpfelt es nur ein bisschen, aber dann bricht ein schweres Gewitter los. Der Regen trommelt unaufhörlich auf eure Zelte. Besorgt registrierst du, dass der Colorado anschwillt und langsam den Sandstreifen überschwemmt, auf dem ihr campt.

Wenn du trotz Dunkelheit und Regen den Aufbruch im Raft anordnest, lies weiter auf Seite 56

Wenn du lieber auf dem Sandstreifen bleibst, lies weiter auf Seite 96

Ja! Genau die richtige Entscheidung! Ihr tanzt auf dem donnernden Fluss haarscharf an den gefährlichen Klippen vorbei. Was für eine rasante Fahrt! Aber der Colorado gönnt euch keine Atempause.
Er jagt euch, er rüttelt euch durch, er schickt euch seine hinterhältigsten Wellen und fiesesten Stromschnellen, er beutelt euer Boot, rammt seine Fäuste unter euren Boden, hebt euren Bug, presst Wasser über euer Heck.
Doch ihr widersteht den Angriffen des Flusses, ihr beherrscht ihn – vor allem dank deiner Lenkkünste!
Am späten Nachmittag habt ihr schon viele, viele Kilometer geschafft und geht an einer seichten Stelle an Land. Dort baut ihr eure Zelte auf und macht ein Lagerfeuer. Auch andere Rafting-Begeisterte übernachten hier.
Ihr geht früh schlafen, denn ihr seid alle ziemlich erschöpft von diesem ersten Tag auf dem Fluss.
Nachts liegst du in deinem winzigen Zelt und bist kurz davor einzuschlafen. Da vernimmst du plötzlich ein Geräusch. Schleicht da ein Mensch um eure Zelte herum, oder ist das nur ein neugieriges Tier?

Wenn du nachsiehst,
lies weiter auf Seite 49

Wenn du das nicht für nötig hältst,
lies weiter auf Seite 88

Du überzeugst den Tourist davon, dass es schon zu spät ist, um den Puma zu verfolgen. Kurze Zeit später taucht ein Kalifornien-Kondor über euren Köpfen auf und zieht am Himmel seine Kreise. Begeistert schießen die Touristen Fotos von dem majestätischen Vogel mit dem schwarzen Gefieder, der eine Flügelspannweite von fast drei Metern hat.
Zwei Stunden später liegt ihr in euren winzigen Zelten. Alle schlafen. Nur du bist wach, denn du hast heute Nacht noch etwas vor: Du hast ein geheimes Ziel, tief verborgen in der Canyonwand.
Leise verlässt du dein Zelt. Mit der Taschenlampe in der Hand schleichst du dich davon. Im Rucksack hast du eine Flasche Wasser und deine Kameraausrüstung.
Der Weg führt steil bergab und ist daher extrem gefährlich. Ein falscher Schritt und du fällst über eintausend Meter tief in die Schlucht. Im Mondlicht glitzert tief unter dir das silberne Wasser des Colorado.
Plötzlich kullert ein Steinchen an dir vorbei. Du hältst an. Ist jemand hinter dir, wirst du verfolgt? Oder war das nur ein Tier?

Wenn du dich auf die Lauer legst,
lies weiter auf Seite **110**

Wenn du einfach weitergehst,
lies weiter auf Seite **54**

Klong! Unsanft landest du auf dem Dach der Kabine.
Und jetzt?
Ebenso abrupt, wie er sich in Bewegung gesetzt hat, stoppt der Aufzug wieder.
Du schaust dich um und siehst nur einen Meter über dir eine Fahrstuhltür, die natürlich verschlossen ist.

**Wenn du versuchst,
diese Tür irgendwie zu öffnen,
lies weiter auf Seite** **22**

**Wenn du erst mal wieder
zurück in die Kabine klettern willst,
lies weiter auf Seite** **72**

Der Mann von der Yacht kommt an Bord. Auch er hat eine Pistole und richtet sie auf dich und die Touristen. Dann bedeutet er Luca von Winterberg, zu ihm zu kommen, und stößt ihn grob auf das andere Schiff hinüber.

Eine Entführung!, durchfährt es dich. Das darf doch wohl nicht wahr sein!

William sammelt eure Handys ein und wirft sie ins Wasser der Upper Bay. Mit zwei gezielten Schüssen zerstören die Entführer die Funkanlage und den Motor des Schiffes.

„Macht's gut", sagt William zum Abschied. Er grinst gehässig. Dann geht auch er an Bord der Yacht. Das elegante Boot braust davon – mit Luca von Winterberg.

Wenn du die Verfolgung aufnimmst,
lies weiter auf Seite **94**

Wenn du das lieber lässt,
weil du die Touristen nicht gefährden möchtest,
lies weiter auf Seite **111**

Du schnappst dir ein Kanu, das am Ufer liegt, und schiebst es in den kalten Fluss. Mit kräftigen Paddelschlägen erreichst du schließlich den Tourist aus deiner Gruppe. Es gelingt dir, den in Panik geratenen Mann zu beruhigen. Schließlich kannst du ihn in das kleine Boot ziehen und zurück zum Ufer bringen. Die anderen Touristen applaudieren, und der junge Mann ist dir unendlich dankbar.

Lies weiter auf Seite 21

Der Stamm sieht glatt aus und du glaubst, dass euch nichts passieren kann, auch wenn ihr seitlich gegen ihn stoßen solltet. Eine tödliche Fehleinschätzung, denn der Baum hat unterhalb des Wasseroberfläche einige stabile spitze Äste – und als ihr ungewollt an dem Stamm entlangschrappt, werden gleich mehrere Luftkammern des Rafts aufgerissen. Mit knapper Not schafft ihr es an eine seichte Stelle des Colorado. Alle Touristen bleiben unverletzt.
Aber die Tour ist dank deiner Unerfahrenheit zu Ende. Du kannst dir einen neuen Job suchen.

Ende

Nach dem Meeting nimmt Toni dich beiseite. „Ich muss dir noch was sagen …"
Du spitzt die Ohren – was kommt denn jetzt?
Toni klopft mit dem Finger auf die Mappe und senkt die Stimme, als er sagt: „In deiner Gruppe ist ein junger Mann namens Luca von Winterberg. Sein Vater Wilhelm von Winterberg ist Multimillionär."
„Na und?"
„Der Vater hat mich gestern angerufen und mir gesagt, dass sein Sohn gerne mal über die Stränge schlägt. Dieser Luca ist wohl ein ziemlicher Draufgänger", erklärt Toni. „Wilhelm von Winterberg verlangt von uns, dass wir gut auf ihn aufpassen."
Du seufzt. Das hat dir gerade noch gefehlt: Babysitter für einen jungen Millionärssohn spielen … Wenn du das vorher gewusst hättest, hättest du dich für eine andere Gruppe gemeldet.
„Okay, das kriege ich schon hin", antwortest du dennoch.
Als du abends in deine Wohnung kommst, recherchierst du erst mal im Internet. Die Familie Winterberg scheint wirklich sehr reich zu sein. Wilhelm von Winterberg hat ein Vermögen mit Luxus-Immobilien verdient. Sein Sohn Luca dagegen fällt mehr durch Partys und schlechtes Benehmen auf. Einmal hat er betrunken einen Ferrari zu Schrott gefahren, ein anderes Mal eine Prügelei in einer Disco angezettelt. Er ist ein Liebling der Klatschpresse.
Und ab morgen hast du den Typ an der Backe. Das kann ja heiter werden …

Lies weiter auf Seite 12

44

Du sprintest los, den Koffer an dich gepresst. Du willst dich in irgendeinem Gebäude oder hinter einem Auto verstecken und den Koffer dann Haber zurückgeben.

Guter Plan, nur leider funktioniert er nicht. Denn die Angreifer wollen den Koffer haben – und um ihn zu bekommen, ist ihnen jedes Mittel recht.

Hinter dir kracht ein Schuss und du weißt: Diese Kugel gilt dir …

Ende

Du willst bluffen und so tun, als hättest du drei sehr gute Karten – zum Beispiel drei Asse. Deshalb lässt du dir auch keine weiteren Karten mehr geben. Die anderen sollen glauben, dass dein Blatt nicht mehr zu toppen ist.
Deine Mitspieler beobachten dich genau. Zwei steigen aus, zwei machen aber weiter und erhöhen ihre Einsätze. Offenbar haben sie ebenfalls gute Karten – oder bluffen auch sie nur?

**Wenn du jetzt aussteigst,
lies weiter auf Seite 46**

**Wenn du den Einsatz
trotz deiner miesen Karten weiter erhöhst,
lies weiter auf Seite 62**

Es reicht. Weiter solltest du wirklich nicht zocken. Das halten deine Nerven nicht aus. Du steigst aus.

Neugierig beobachtest du das weitere Spiel. Wie gut, dass du nicht noch mehr Geld auf deine Karten gesetzt hast, denn deine Gegner haben tatsächlich sehr starke Blätter in ihren Händen.

Weiter geht's. Leider hält dein Pech an, du bekommst kein einziges gutes Blatt. Dein Geldvorrat schmilzt langsam, aber konstant.

Als die Hälfte weg ist, stehst du auf und verkündest: „Das war ein netter Abend, aber jetzt muss ich leider gehen."

Deine Mitspieler murren, einer lacht dich sogar aus und nennt dich einen Angsthasen.

Aber du bleibst hart.

Schließlich wirst du zurück ins Hotel gefahren.

Als du auf deinem Bett liegst, ärgerst du dich über dich selbst.

Die Hälfte deines Geldes hast du verzockt.

Aber die andere Hälfte, die hast du noch. Immerhin. Das tröstet dich ein wenig.

Ende

Haber eilt mit dem Koffer durch das nächtliche New York. Diese Stadt schläft nie, und so herrscht auch zu später Stunde ein ziemliches Gedränge auf den Straßen und Plätzen. Neonreklamen flackern, aus Bars und Cafés dröhnt Musik.
Der Tourist steuert auf ein Taxi zu, als neben ihm plötzlich ein Geländewagen scharf abbremst und anhält.
Zwei Männer springen aus dem Auto und stürzen sich auf Haber. Passanten bleiben stehen, aber niemand unternimmt etwas.
Und du? Du bist für einen Moment ebenfalls wie erstarrt.
Haber schlägt mit dem Koffer um sich und streckt einen der Angreifer nieder, doch der andere versetzt ihm einen Faustschlag. Haber taumelt und geht zu Boden. Als er sich aufrappelt, sieht er dich – und wirft dir den Koffer zu.
Du fängst ihn auf, und sofort stürmen die Gangster auf dich zu.

Wenn du den Koffer fallen lässt, lies weiter auf Seite **10**

Wenn du mit dem Koffer wegrennst, lies weiter auf Seite **44**

Du kauerst dich auf den Klodeckel und ziehst die Beine bis zum Kinn an, damit der Kerl nicht sieht, dass die Kabine besetzt ist.

Energisch rüttelt der Mann an der Tür.

„Aufmachen!“, brüllt er.

Du schweigst. Du zitterst. Du hoffst.

Umsonst.

Denn jetzt wird die Tür eingetreten. Ein Typ mit einer Clownsmaske steht im Rahmen und richtet ein Maschinengewehr auf dich.

„Mitkommen“, schnauzt er dich an.

Dann treibt er dich zu den anderen Besuchern des Casinos. Du musst ihm dein Geld und deine Uhr aushändigen und wirst mit allen anderen im Heizungskeller eingesperrt.

Den Tätern gelingt die Flucht – sie werden nie gefasst.

Ende

Leise schlüpfst du aus dem Zelt und schaust dich um.
Du erschrickst – da, ein Schatten! Er steuert zielstrebig auf euer Raft zu. Was hat der Kerl vor? Du schleichst ihm hinterher und siehst, wie er zu euren Stechpaddeln greift.
Will der Typ sie etwa stehlen?
Du willst den Mann gerade zur Rede stellen, als du von einem Komplizen der Gestalt angegriffen und niedergeschlagen wirst. Du verlierst das Bewusstsein.
Das Erwachen am nächsten Morgen ist hart – die Männer haben nicht nur eure Paddel geklaut, sondern auch eure kompletten Wertsachen!
Die schöne Raftingtour muss abgebrochen werden, was für ein Jammer!

Ende

Lautlos kommen die beiden Unbekannten näher. Der Gangster aus deiner Gruppe bemerkt sie nicht, er ist vollauf damit beschäftigt, dich an Händen und Füßen zu fesseln.

Dann holt einer der beiden Fremden aus und schlägt den Tourist nieder. Wortlos fesseln sie ihn.

„Danke“, sagst du, nachdem sie dich befreit haben. „Aber wer seid ihr?“

Nun schaut dich einer der Männer an. „Wir gehören zum Stamm der Hopi. Wir bewachen den Schatz in dieser Höhle, und damit wahren wir das Andenken an unsere Vorfahren.“

Auch der andere Mann sieht dich an. „Ich kann in dein Herz sehen“, erklärt er. „Du bist ein guter Mensch. Wir vertrauen dir. Wenn du willst, zeigen wir dir unseren größten Schatz. Er ist in diesem Höhlensystem verborgen. Aber wir müssen dich warnen. Wenn du uns folgst, wird nichts mehr in deinem Leben sein, wie es zuvor war.“

Du zögerst. Wie ist das gemeint?

Wenn du den Hopi-Wächtern folgst,
lies weiter auf Seite 31

Wenn du das nicht tust,
lies weiter auf Seite 100

Am nächsten Morgen triffst du dich mit deiner Touristengruppe. Es sind etwa zwanzig Personen. Die meisten kommen aus Europa und sind zum ersten Mal in Las Vegas. Sie wirken alle sehr locker, freundlich und neugierig.
Tagsüber zeigst du ihnen die Stadt. Ihr schlendert in der Hitze über Straßen, die nach berühmten Schauspielern wie Dean Martin oder Frank Sinatra benannt sind, und schaut euch die gigantischen Hotels mit ihren Springbrunnen und Casinos von außen an. Es gibt unzählige schöne Fotomotive. Las Vegas ist bunt, abwechslungsreich und völlig verrückt.
„Die Stadt gibt es erst seit 1905", erzählst du bei eurer Tour. „Der Name kommt aus dem Spanischen und bedeutet so viel wie *Die Auen*. Hier gab es schon immer Quellen – und das mitten in der Wüste! Heute hat Las Vegas knapp über 600.000 Einwohner."
Abends steht natürlich ein Casinobesuch auf dem Programm. Du rätst allen, nicht zu viel Geld zu setzen, und schaust ihnen zu. Irgendwann musst du mal auf die Toilette. Als du die Räume wieder verlassen willst, hörst du Schreie.
Dann fällt ein Schuss.
Die Angst greift mit eiskalter Hand nach dir. Was ist da los?

**Wenn du nachsiehst,
lies weiter auf Seite** **99**

**Wenn du dich auf der Toilette versteckst,
lies weiter auf Seite** **32**

Du gibst dem Tourist ein Zeichen, in Deckung zu gehen. Noch näher könnt ihr nicht heran, ohne euer Leben zu riskieren. Verborgen hinter einem Felsen beobachtet ihr das schöne Tier mit dem sandfarbenen Fell.
Leider wird es schnell immer dunkler. Trotzdem filmst du den Puma mit deinem Smartphone und hoffst, dass die Aufnahme etwas wird.
Plötzlich läuft die Raubkatze direkt auf euch zu und verschwindet in einem Spalt in der Canyonwand.
Als ihr dort nachschaut, stellt ihr fest, dass ihr euch ebenfalls durch den Spalt zwängen könnt.
Du knipst die kleine Taschenlampe an, die du mitgenommen hast. In deren Lichtschein erkennt ihr, dass ihr euch in einer Höhle befindet. Ein Maunzen ist zu hören. Sind hier etwa …
Ja, in einer Ecke haben sich vier Puma-Kätzchen zusammengekuschelt! Sind die süß!
Begeistert tretet ihr näher und macht Fotos.
Ein Fehler!
Denn ihr habt die Puma-Mutter vergessen, die ganz in der Nähe lauert. Fauchend greift euch das fast fünfzig Kilo schwere Tier an – ihr habt keine Chance. Das ist euer

Ende

Du beschleunigst deine Schritte und bist dir sicher, den Schatten abschütteln zu können. Doch dabei wirst du unvorsichtig, gerätst ins Stolpern und stürzt auf den steinigen Boden. Ein furchtbarer Schmerz durchzuckt dein Knie. Du kannst nicht mehr aufstehen. Ist etwas gebrochen?
Jede Bewegung tut dir unendlich weh. Also wirst du hier ausharren müssen, bis dich morgen hoffentlich jemand entdeckt. Doch so lange musst du gar nicht warten. Leider wirst du nicht von anderen Wanderern entdeckt, sondern von einem hungrigen Puma. Der kennt kein Erbarmen.

Ende

Du schnappst dir die Schere und machst dich an dein zerstörerisches Werk.
Aber das ist überhaupt keine gute Idee! Denn als du mit der Schere das Kabel durchtrennst, bekommst du einen Stromschlag verpasst. Und das ist dein

Ende

In Windeseile packt ihr eure Sachen ins Boot und legt im strömenden Regen ab. Der Colorado schäumt und tobt.
Die steilen Felswände rechts und links des Flusses heben sich nur schwach vom düsteren Himmel ab und du hast alle Mühe, das Boot von ihnen fernzuhalten. Dein Team arbeitet hervorragend mit, auch wenn alle schnell bis auf die Haut durchnässt sind. Doch niemand beklagt sich.
Trotz des Unwetters gelingt es euch, den wütenden Fluss zu bezwingen. Nach drei Stunden hartem Kampf mit den Wassermassen gelangt ihr zu einer Furt, an der ihr an Land gehen könnt.
Ihr habt es geschafft! Was für ein Abenteuer!
Am nächsten Tag strahlt die Sonne wieder und ihr setzt die Raftingtour fort. Erschöpft, aber glücklich erreicht ihr euer Ziel!

Ende

Was für ein furchtbarer Fehler – der Spalt zwischen Schachtwand und Lift ist viel zu schmal.
Doch das erkennst du leider zu spät. Du hast keine Chance. Das ist dein

Ende

58

Du wirfst dich auf William, doch er sieht dich aus den Augenwinkeln heranfliegen. Blitzschnell dreht er sich zur Seite und rammt dir die Schulter gegen dein Kinn. Für einen Moment siehst du nur noch Sterne und gehst zu Boden.
„Ich habe dich gewarnt!“, schreit William.
Dann kracht ein Schuss.

Ende

In der Nähe sitzt ein älterer Herr auf einer Bank. Doch als du ihn nach einem Handy fragst, schüttelt er den Kopf – so ein neumodischer Kram sei nichts für ihn …

Dass es so etwas noch gibt!

Hektisch schaust du dich um. Eine junge Frau joggt vorbei – und sie kann dir tatsächlich helfen.

Mit ihrem Handy wählst du den Notruf und berichtest, was passiert ist.

Die Polizei löst eine Großfahndung aus, doch die bringt nicht den erhofften Erfolg: Luca von Winterberg bleibt die nächsten 24 Stunden spurlos verschwunden. Erst dann melden sich die Entführer und verlangen ein hohes Lösegeld von seiner Familie, das diese bereitwillig zahlt.

Immerhin ist Luca jetzt wieder frei. Aber dein Verdienst war das nicht.

Ende

60

Die Sache kommt dir merkwürdig vor und daher lässt du dich nicht auf diesen Deal ein. Da wird Haber zunächst nervös, dann aggressiv. Doch du lässt dich nicht beeindrucken.
Als die Polizei da ist, verwickelt sich Haber bei seiner Aussage in Widersprüche. Als die Beamten ihn in die Mangel nehmen, gesteht er schließlich, dass in dem Koffer Diamanten im Millionenwert waren. Diese Edelsteine hat Haber bei einem Raub erbeutet und wollte sie jetzt weiterverkaufen – getarnt als Tourist. Dabei schien er aber an eine gefährliche Mafia-Bande geraten zu sein, die ihm die Diamanten einfach gestohlen hat.
Haber kommt ins Gefängnis und du kannst dich wieder um deine Touristengruppe kümmern.
Gemeinsam erlebt ihr einige wunderschöne Tage in New York. Ihr besucht noch mehrere Wolkenkratzer, und alle sind rundum zufrieden mit der Tour und deiner Reiseleitung.
Du bekommst ein üppiges Trinkgeld!

Ende

Es kann nur besser werden, denkst du und steigst erst mal aus. Tut es aber nicht. Du bekommst ein schlechtes Blatt nach dem anderen. Da du erst mal defensiv bleibst, schmilzt dein Geldhaufen wie Butter in der Sonne.
Bald hast du nur noch 200 Dollar. Am besten gehst du jetzt nach Hause, damit dir wenigstens dieses Geld bleibt.
Oder solltest du doch lieber versuchen, das verlorene Geld wieder hereinzubekommen?
Du gibst dir einen Ruck und zockst weiter – bis du endlich ein geniales Blatt auf der Hand hast, einen Straight Flush: Acht, Neun, Zehn, Bube und Dame in einer Farbe! Das ist kaum noch zu überbieten.
Du erhöhst deinen Einsatz immer weiter und die anderen Spieler steigen nach und nach aus – bis auf eine Frau, die dich kalt anlächelt.

Als ihr zeigen müsst, was ihr auf der Hand habt, blätterst du siegessicher deinen Straight Flush hin.
Doch dann fällt dir die Kinnlade bis auf den Tisch, denn die Frau hat einen Royal Flush: Zehn, Bube, Dame, König, Ass!
Du hast verloren, dein ganzes Geld ist weg!
Damit bist du am

Ende

Kalt lächelnd legst du noch einen Schein auf den Tisch und beobachtest deine beiden Gegner genau. Doch die bleiben ebenfalls cool und denken gar nicht daran, auszusteigen. Einer der Spieler zieht gleich, der andere erhört den Einsatz sogar.
Du schluckst. Und jetzt?
Okay, alles auf eine Karte!, denkst du dir und schiebst dein ganzes Geld in die Mitte des Tisches!
Das ist einem deiner Mitspieler zu viel, doch der Mann dir gegenüber bleibt hartnäckig.
Aus dem Augenwinkel bemerkst du einen Schatten hinter dir. Du drehst leicht den Kopf und erkennst den Typ mit der Sonnenbrille, der dich im Hotel abgeholt hat. Schielt er dir etwa in die Karten und gibt deinem Gegenüber heimlich Zeichen?! Spielen die beiden zusammen und nehmen dich aus?
Oh Mist, und du hast gerade alles gesetzt!
Wenn dein Gegner jetzt nicht aussteigt, bist du geliefert.
Er steigt nicht aus. Ihr müsst zeigen, was ihr für Karten habt. Dein Gegenüber hat ein Trio und du … du hast absolut nichts. Du hast all dein Geld verloren!
Du wirst wütend, weil du sicher bist, dass man dich betrogen hat. Schnell schnappst du dir das Geld von der Mitte des Tisches und sprintest zum nächstgelegenen Fenster. Doch der Typ mit der Sonnenbrille ist schneller und erwischt dich. Du verlierst nicht nur dein Geld, sondern bekommst auch noch einen ordentlichen Hieb verpasst. Und dass du betrogen wurdest, kannst du natürlich nicht beweisen.

Ende

Notgedrungen huschst du zurück in den Toilettenraum, wo der eine Täter mit der Clownsmaske liegt. Er ist noch immer bewusstlos.
Du lässt die Tür einen Spalt offen und hörst, wie einer der anderen Clowns fragt: „Wo ist Ed, verdammt noch mal?"
„Der wollte zur Toilette, um zu prüfen, ob sich da noch jemand versteckt", ruft ein anderer. „Ich sehe mal nach."
Verdammt! Und jetzt?

Wenn du versuchst, dich zu verstecken, lies weiter auf Seite 114

Wenn du die Clownsmaske aufsetzt, lies weiter auf Seite 74

„Sie glauben also, Herrn Haber betrügen zu können", sagst du forsch.
Don Frederico saugt an seiner Zigarre. „Klar, das glaube ich."
„Da irren Sie sich gewaltig. Er hat *Sie* betrogen", behauptest du. „Denn das sind keine echten Diamanten, die Dinger sind gut gemachte Fälschungen. Die sind nichts wert."
Don Fredericos Stirn bewölkt sich. „Was?", schnaubt er und schaut irritiert in den Koffer. Er wirkt unsicher.
Glaubt der Mafiatyp dir deine erfundene Geschichte? Schnell legst du nach: „Ich weiß, wo Haber die echten Steine versteckt hat."
Don Frederico berät sich mit seinem Leibwächter. Dann ziehen sie ihre Pistolen und sagen: „Du wirst uns verraten, wo die Steine sind, und zwar sofort."
„Nein, denn dann könnten Sie auf die Idee kommen, mich sofort auszuschalten. Aber ich kann Sie zum Diamantenversteck führen", erwiderst du, weil du hier erst einmal raus und Zeit gewinnen willst.
Die Gangster lassen sich darauf ein und gehen mit dir in die Tiefgarage. Dort steht Don Fredericos schicker Oldtimer.
„Wohin?", will der Gangster wissen.

Wenn du die beiden zu deinem Hotel lotst, lies weiter auf Seite **115**

Wenn du mit ihnen zum Hudson fährst, lies weiter auf Seite **104**

Da kommt dir ein Verdacht.
„Ich darf mir die Paddel ja sicher mal ansehen, oder?", fragst du freundlich.
„Natürlich, nur zu."
Du schnappst dir eines und nimmst es genau unter die Lupe. Bingo, dein Verdacht bestätigt sich: Das sind eure Paddel! Du erkennst es daran, dass ganz oben im Griff ein kleines Metallplättchen mit den Buchstaben „AH" angebracht ist. Das steht für „Adventure Holidays".
„Sie haben uns vergangene Nacht die Paddel gestohlen und wollen sie uns jetzt zu einem völlig überhöhten Preis verkaufen!", stellst du den Kerl zur Rede.
Der Typ wird blass, dreht sich um und flieht.
Du lässt ihn laufen, schließlich habt ihr eure Paddel ja wieder und du möchtest diesen Typ nicht in eurem Raft bis zur nächsten Polizeistation bringen müssen.
Also setzt ihre eure Tour fort und gelangt auf einen ruhigen Abschnitt des Flusses.
„Ich habe heute Geburtstag", ruft einer der Touristen plötzlich und zaubert eine Schnapsflasche hervor. „Das muss gefeiert werden, darauf sollten wir anstoßen!"

**Wenn du das verbietest,
lies weiter auf Seite 75**

**Wenn du den Touristen den Spaß gönnst,
lies weiter auf Seite 98**

Du schleichst zu einem Fenster und wirfst einen Blick hindurch. Du siehst die Küche des Restaurants. Die Entführer und Luca von Winterberg kannst du nicht entdecken.
Nach kurzem Zögern versuchst du, das Fenster hochzuschieben. Du hast Glück: Es ist offen! Schnell kletterst du in die Küche und huschst zum nächsten Raum. Die Tür ist nur angelehnt und du wagst einen Blick in das Zimmer.
Die Männer und Luca drehen dir ihre Rücken zu. Sie lachen und sind bester Dinge. Hier ist doch etwas oberfaul!
Von deinem Versteck aus kannst du das Gespräch belauschen – und was du jetzt hörst, verschlägt dir den Atem. Luca von Winterberg hat die Entführung selbst eingefädelt! Er scheint hohe Spielschulden zu haben und sein Vater ist deswegen so wütend, dass er ihn enterbt hat. Nun will Luca durch die Entführung an die Millionen kommen, die ihm seiner Meinung nach zustehen. Einen kleinen Teil davon muss er natürlich den Gaunern zukommen lassen, die ihn „entführt" haben.
Das ist doch einfach unfassbar – diesen miesen Plan musst du unbedingt vereiteln!
Leise willst du dich zurückziehen, doch in diesem Moment knackt dein Knöchel verräterisch. William fährt herum, entdeckt dich und stürmt brüllend auf dich zu.

**Wenn du versuchst,
die Verbrecher einzusperren,
lies weiter auf Seite 20**

**Wenn du wegläufst,
lies weiter auf Seite 90**

Als du den Umschlag aufreißen willst, sagt Don Frederico mit drohendem Unterton: „Sie misstrauen mir, und damit beleidigen Sie mich. Wissen Sie, was mit Leuten geschieht, die mich beleidigen? Sie enden als Futter für die Fische im Hudson."
Doch du lässt dich nicht beeindrucken und schaust in den Umschlag. Da drin sind nur Papierschnipsel!
„Sie wollen Herrn Haber betrügen", stellst du fest.
„Natürlich", sagt Don Frederico grinsend und dreht den Koffer nun so, dass du siehst, was er enthält: Es sind Diamanten! Jede Menge Diamanten!
„Diese kostbaren Stücke stammen aus einem von Habers Raubzügen. Er will sie mir verkaufen und verlangt dafür eine halbe Million. Doch ich behalte lieber die Steine *und* das Geld. Und Sie werden mir dieses Geschäft nicht verderben."
Deine Gedanken rasen. Diese Mafia-Typen wollen dich kaltmachen!

Wenn du versuchst, mit deinem Handy heimlich den Notruf zu wählen, lies weiter auf Seite 91

Wenn du dir lieber etwas anderes einfallen lässt, um deine Haut zu retten, lies weiter auf Seite 65

Das ist eine Menge Geld, also lässt du dich darauf ein. Aber ein wenig misstrauisch bist du schon und fragst daher: „Wann und wo bekomme ich das Geld?“

„Gleich im Hotel“, lautet die knappe Antwort.

Kurz darauf seid ihr dort und Hans Haber bittet dich in sein Zimmer. Du reibst dir die Hände, als er zu einem kleinen Tresor geht. Gleich bist du um 10.000 Dollar reicher!

Aber da hast du dich geirrt.

Denn Haber holt aus dem Tresor kein Geld, sondern eine Pistole, die er auf dich richtet.

„Erst wurde mir der Koffer gestohlen und jetzt wollen Sie auch noch mein Geld“, zischt er wütend.

Du weichst zurück. „Das war doch Ihre Idee, Sie haben es mir angeboten!“

„Irgendwie musste ich ja verhindern, dass Sie gegenüber der Polizei plaudern – denn in dem Koffer sind geraubte Diamanten“, sagt Haber und lächelt böse. „Ich habe mich nur als Tourist getarnt und wollte die Klunker heute verkaufen. Aber die Typen haben mich gelinkt.“

Du drehst dich um und willst aus dem Hotelzimmer fliehen. Haber mag ein Räuber sein, aber er ist doch kein Killer – hoffst du.

Irrtum. Ein Schuss kracht.

Ende

Du schaust dich um und entdeckst ganz in der Nähe ein Taxi. Was für ein Glück! Du bittest den Fahrer, das Auto der Entführer zu verfolgen. Du willst herausfinden, wohin William und die anderen ihr Opfer bringen, und dann die Polizei benachrichtigen.

Die Gangster fahren zur Canal Street im Herzen des Stadtteils China Town. Überall flackern Neonreklamen mit chinesischen Schriftzeichen und es gibt unzählige Shops, die chinesische Lebensmittel, Plastikspielzeug oder nachgemachte Markenklamotten anbieten – teilweise mit dem Aufdruck „Made in China Town", wie du aus eigener Erfahrung weißt.

Plötzlich stoppt das Auto und die Entführer laufen mit Luca von Winterberg in eine Gasse.

Du wirfst dem Taxifahrer einen Geldschein zu und heftest dich an die Fersen der Gangster – und dabei fällt dir etwas auf: Luca von Winterberg wirkt nicht wie jemand, der gerade gewaltsam verschleppt wird. Er läuft ganz locker neben William her! Seltsam …

Jetzt verschwinden die Täter und der junge Mann in einem chinesischen Restaurant. An der Tür hängt ein Schild, auf dem „Geschlossen" steht.

Wenn du jetzt endlich die Polizei rufen möchtest, lies weiter auf Seite **79**

Wenn du erst herausfinden willst, warum sich Luca von Winterberg so seltsam verhält, lies weiter auf Seite **67**

Der Tourist schreit dich an, dass er schließlich für den Urlaub bezahlt und deshalb ein Recht darauf hätte, an der Wanderung teilzunehmen.

Doch du bleibst hart. „In den Reiseunterlagen steht, dass Sie geeignetes Schuhwerk mitnehmen müssen. In Turnschuhen ist diese Tour viel zu gefährlich!"

Wutschnaubend fährt der Tourist zurück nach Las Vegas. Mit den anderen brichst du wenig später auf. Die Teilnehmer sind gut trainiert und bester Laune.

Ihr marschiert durch eine karge, aber faszinierende Landschaft. Je nach Sonnenstand verändert sich die Färbung des Gesteins – ein absolut atemberaubendes Schauspiel!

Die Wanderung ist sehr anstrengend. Die Hitze ist enorm, das Gepäck schwer und es gibt nur das Trinkwasser, das ihr mit euch tragt.

Abends habt ihr euer erstes Ziel erreicht – den Rand des Canyons. Tief unter euch schäumt der Colorado, was für ein Anblick! Ihr macht ein Lagerfeuer. Die Stimmung ist grandios.

Plötzlich entdeckst du einen Puma, der offenbar vom Geruch eures Proviants angelockt wurde. Einer der Touristen springt auf und will ihn unbedingt fotografieren. Doch das scheue Tier zieht sich zurück. Der Tourist will den Puma suchen und bittet dich, ihn zu begleiten.

Wenn du ihm folgst,
lies weiter auf Seite **108**

Wenn du das lässt,
lies weiter auf Seite **38**

Du kletterst mit dem Koffer zurück in die Kabine. Ob der Aufzug wohl wieder normal funktioniert? Zitternd drückst du den Kopf für die 96. Etage, denn dort sollst du Don Frederico treffen.
Ein Ruck geht durch den Lift. Sanft gleitet er nach oben.
So, als hätte es nie eine Panne gegeben.
Als der Aufzug im richtigen Stockwerk stoppt, verlässt du ihn mit weichen Knien.
Du stehst in einem Flur, an dessen Wänden teure Bilder hängen. Du klopfst an der nächstbesten Tür. Eine Kamera surrt schräg über dir. Aus einem Lautsprecher erklingt eine weibliche Stimme: „Wer ist da?“
„Der Bote von Herrn Haber“, antwortest du.
Ein Summen, die Tür öffnet sich. Eine hübsche Blondine führt dich in einen riesigen Raum mit einer ebenso riesigen Fensterfront. Du schaust auf das Lichtermeer des nächtlichen New Yorks – was für ein großartiger Anblick!
An dem Schreibtisch vor dir sitzt ein Mann in einem feinen Anzug, der an einer Zigarre pafft. Das muss Don Frederico sein. Hinter ihm steht ein muskulöser Typ mit Glatze. Bestimmt ein Bodyguard.
„Geben Sie mir den Koffer“, sagt Don Frederico statt einer Begrüßung und wirft dir einen dicken braunen Umschlag zu.
Du hast Herrn Haber versprochen, diesen Umschlag nicht zu öffnen. Aber was ist, wenn da gar nichts drin ist?

Wenn du den Umschlag öffnest,
lies weiter auf Seite **68**

Wenn du das lieber lässt,
lies weiter auf Seite **82**

Du flitzt zu dem Gangster, den du ins Reich der Träume geschickt hast, und setzt seine Maske auf. Dann ziehst du den Bewusstlosen schnell in eine Kabine und schließt die Tür. Schon steht der andere Gangster im Toilettenraum.
„Wo bleibst du denn, Ed?“, pflaumt er dich an.
„Alles klar, ich habe doch nur …“

„He, hast du dich umgezogen?“, unterbricht der andere dich plötzlich.
Rums! Dein Gewehrkolben trifft ihn unter dem Kinn. Das hat gesessen.
Jetzt sind nur noch drei Clowns übrig. Aber wie gehst du weiter vor? Sollst du dich hier auf die Lauer legen und versuchen, einen Gangster nach dem anderen auszuschalten?

Wenn du im Toilettenraum wartest, lies weiter auf Seite **105**

Wenn du den Raum verlässt, lies weiter auf Seite **84**

Alkohol passt nun wirklich nicht zu einer Raftingtour. Schließlich müssen alle fit sein, um reaktionsschnell handeln zu können, wenn es darauf ankommt.
Du sorgst also dafür, dass die Flasche verschlossen bleibt. Souverän meistert ihr die nächsten Stromschnellen und alle an Bord haben eine Menge Spaß.
Abends erreicht ihr euer nächstes Ziel – einen schmalen, sandigen Uferstreifen, der wie ein schöner Strand aussieht. Hier werdet ihr übernachten, aber hier hast du noch eine weitere Attraktion für die Touristen geplant. Du deutest auf die senkrechte Canyonwand. „Wer hat Lust, mit mir zu klettern?"
Alle sind dabei. Aus dem Rucksack willst du das Fixseil, die Felshaken und die Karabiner holen – aber was ist das? Du hast die Haken in Las Vegas vergessen. Oh nein, jetzt bist du blamiert!
Doch da entdeckst du an der Felswand ein paar alte Haken.

**Wenn du die alten Haken benutzt,
lies weiter auf Seite** **85**

**Wenn du das lieber lässt,
lies weiter auf Seite** **35**

Erleichtert stellst du fest, dass die beiden am Leben sind. Was für ein Glück! Aber sie brauchen dringend Hilfe. Der eine der beiden ist bewusstlos, aber der andere ist noch in der Lage, in seine Jackentasche zu greifen und ein Messer hervorzuziehen. Damit durchtrennt er deine Fesseln.
„Wir sind vom Stamm der Hopi und bewachen den Schatz unserer Ahnen. Er darf nicht verloren gehen ...", sagt er mühsam, bevor auch er das Bewusstsein verliert.
Du rennst zum Ausgang der Höhle und holst Hilfe für die beiden Verletzten. Aber natürlich sorgst du auch dafür, dass der Dieb nicht weit kommt. Er wird noch im Nationalpark festgenommen. Der Schatz der Hopi gelangt an seinen angestammten Ort zurück.
Die beiden Indianer kommen in ein Krankenhaus, wo du sie mehrfach besuchst. Nach drei Wochen werden sie komplett geheilt entlassen. Ihr werdet Freunde, und diese wunderbare Freundschaft hält bis an euer Lebensende.

Ende

Du triffst dich mit deiner Reisegruppe in Las Vegas. Nach einer Rundfahrt durch die Wüstenstadt und einem kurzen Casinobesuch erreicht ihr am Tag darauf nach einer über vierstündigen Bustour euer nächstes Ziel: Lee's Ferry. Hier überquert der Highway 89A auf einer mächtigen Stahlbrücke den vom Colorado River tief eingeschnittenen Marble Canyon. Unten liegt eine Furt, und genau hier liegt das stabile Gummiboot für eure Raftingtour bereit.
„Zwischen 1872 bis 1928 konnte man hier mit einer einfachen Fähre von einem Flussufer zum anderen übersetzen", erklärst du den Touristen. „Und auch heute noch ist Lee's Ferry der einzige Punkt im Umkreis von rund 1000 Kilometern, an dem man direkten Zugang zum Colorado hat. Deshalb starten hier sehr viele Raftingtouren durch die Schluchten des Grand Canyon."
Ihr werdet von Lee's Ferry aus 364 Kilometer bis zum Diamond Creek paddeln, dafür sind fünf Tage veranschlagt.
Das Panorama ist sensationell: Der hier noch sehr friedliche Colorado River schlängelt sich durch die rötlichen Vermillion-Klippen, darüber erstreckt sich ein strahlend blauer Himmel. Ein Traum!
Aber zunächst müsst ihr das Boot beladen. Immerhin braucht ihr Proviant, Zelte und Ausrüstung für eine knappe Woche. Doch drei junge Männer aus deiner zehnköpfigen Gruppe wollen lieber schwimmen gehen, anstatt zu helfen.

**Wenn du sie lässt,
lies weiter auf Seite** **89**

**Wenn du das verhinderst,
lies weiter auf Seite** **21**

„Umdrehen", befiehlt eine Stimme.
Du gehorchst, und ein Licht blendet dich.
„Ich habe eine geladene Pistole auf dich gerichtet. Eine falsche Bewegung und das war's für dich", zischt der Kerl. „Ich habe dich verfolgt, seit du dich aus dem Zelt geschlichen hast, und mich dabei gefragt, was diese Heimlichtuerei soll. Aber jetzt weiß ich es. Diese Höhle ist voller Schätze. Vielen Dank, dass du mich hierhergeführt hast!"
Wegen des Lichts kannst du nicht erkennen, wer der Typ ist, aber die Stimme kommt dir bekannt vor.
„Diese Gegenstände gehören den Hopi, davon dürfen Sie nichts nehmen!", rufst du.
„Quatsch, die gehören jetzt mir. Ich werde dich fesseln, damit du mir nicht in die Quere kommst. Dann lasse ich dich hier zurück. Vielleicht findet dich ja jemand. Vielleicht aber auch nicht." Er lacht, beugt sich zu seinem Rucksack und holt ein Seil hervor. Dabei fällt das Licht kurz auf sein Gesicht – es ist ein Mann aus deiner Touristengruppe.
Während er dich fesselt, siehst du, wie sich euch zwei Gestalten nähern.

Wenn du sie vor dem bewaffneten Touristen warnst, lies weiter auf Seite 87

Wenn du still bist, lies weiter auf Seite 50

Das ist dir eine Nummer zu groß, jetzt sollen sich Profis um den Fall kümmern. Du leihst dir von einem Passanten ein Handy und rufst die Polizei an.
Bis die Beamten da sind, vergeht jedoch eine Viertelstunde. In dieser Zeit sitzt du auf heißen Kohlen und behältst den Eingang des Lokals im Auge. Niemand verlässt den Laden, ein Glück!
Endlich sind die Polizisten da und du berichtest, was passiert ist.
Eine Sondereinheit stürmt kurzerhand das Restaurant – doch sowohl von den Tätern als auch von Luca von Winterberg fehlt jede Spur. Offenbar ist den Gangstern die Flucht durch einen Hinterausgang gelungen.
Und du hast dich bis auf die Knochen blamiert …
Zwei Tage später wird Luca gegen ein hohes Lösegeld freigelassen. Okay, er ist unverletzt – aber du hättest die Erpressung verhindern können, wenn du dich geschickter angestellt hättest.

Ende

Kühle empfängt dich in der Höhle. Du schaltest die Taschenlampe an.
Etwas schießt auf dich zu und du weichst zurück, einen Schrei auf den Lippen – doch das war nur eine Fledermaus.
Ganz ruhig, ermahnst du dich.
Dann beginnst du, dich in der Höhle umzuschauen. Sie ist viel größer, als du gedacht hast. Überall gibt es Nischen, Spalten und Winkel.
Schließlich entdeckst du Wandzeichnungen – und dein Herz schlägt höher. Neben Pumas, Füchsen und Vögeln ist mit rötlicher Farbe noch ein anderes Wesen an die Wand gemalt worden. Das Wesen trägt einen Federschmuck auf dem Kopf, tanzt und spielt auf einer Flöte. Du weißt, dass es sich dabei um eine Darstellung des Hopi-Gottes Kookopölö handelt. Kookopölö war ein Fruchtbarkeitsgott. Also bist du hier genau richtig – dies war früher ein heiliger Ort. Oder ist er es sogar heute noch?
Du entdeckst weitere Zeichnungen und eine Art Altar. Darauf liegen wunderschöne Schmuckgegenstände, teilweise aus Gold!
Da legt sich plötzlich eine Hand auf deine Schulter und dir gefriert das Blut in den Adern.

Wenn du angreifst,
lies weiter auf Seite **13**

Wenn du abwartest,
lies weiter auf Seite **78**

Don Frederico zieht an seiner Zigarre und pafft Qualm in den Raum. Dann öffnet er den Koffer und wirft einen Blick auf den Inhalt. Leider siehst du nicht, worum es sich handelt. „Sehr schön", sagt Don Frederico und gibt dir ein paar Geldscheine für deinen Botendienst. „Und jetzt: Auf Nimmerwiedersehen."
So schnell wie möglich verlässt du das Büro.
Es dauert ganz schön lang, aber diesmal nimmst du lieber die Treppen anstatt den Aufzug.
Endlich bist du wieder in deinem Hotel und begibst dich schnurstracks zu Hans Haber.
Nachdem er sich bei dir bedankt hat, reißt er den Umschlag auf. Er greift hinein – und wird bleich.
„Schnipsel, nichts als Papierschnipsel!", jammert er. „Don Frederico hat mich betrogen!"
Tja, da kannst du auch nichts machen. Haber selbst war es schließlich, der nicht wollte, dass du den Inhalt des Umschlags kontrollierst. Vermutlich, weil es sich um ein schmutziges Geschäft gehandelt hat oder weil Haber Angst hatte, dass du dich mit dem Geld, das eigentlich in dem Umschlag sein sollte, aus dem Staub machst.
Da ist aber nicht dein Problem. Immerhin hast du dein Honorar bekommen!

Ende

Vorsichtig schleichst du dich von hinten an die beiden Geiselnehmer heran. Der eine der beiden trampelt auf dem Vorhang herum, während der andere einen Feuerlöscher von der Wand reißt.

Du willst gerade die Waffe heben, als sich der Typ mit dem Feuerlöscher umdreht und dich entdeckt. Er schleudert dir das schwere Ding entgegen. Du schießt, doch die Kugel prallt vom Feuerlöscher ab.

Als dir bewusst wird, dass du eine falsche Entscheidung getroffen hast, ist es zu spät. Im Handumdrehen haben dich die Clowns überwältigt. Das ist dein

Ende

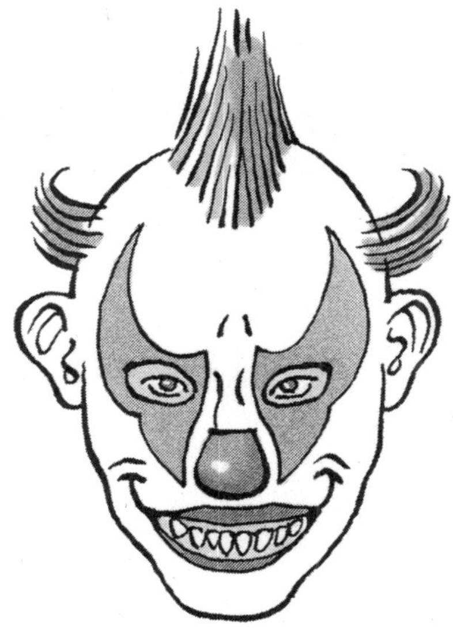

Du robbst mit dem Gewehr aus dem Raum und gehst hinter ein paar großen Pflanzen in Deckung. Dann peilst du die Lage. Einer der Clowns hält sich ein Handy ans Ohr, die anderen beiden bedrohen das Personal und die Gäste.
Du ahnst, dass du schnell handeln musst, denn bestimmt werden die Kerle gleich nach ihren Kumpeln suchen – und dich womöglich entdecken.
Du willst die Gangster trennen und sie dir einzeln vornehmen. Nur dann hast du eine Chance.
Sorgfältig schaust du dich um. Auf einem der Pokertische entdeckst du ein Feuerzeug. Hm, nicht schlecht … Durch einen von dir gelegten Brand könntest du die Gangster ablenken und sie dir vielleicht einzeln vornehmen.
Oder wie wäre es mit der Schere dort? Damit könntest du ein Kabel durchtrennen und einen Kurzschluss herbeiführen. Auch eine gute Idee …

**Wenn du Feuer legst,
lies weiter auf Seite** 93

**Wenn du den Kurzschluss besser findest,
lies weiter auf Seite** 55

Du kletterst natürlich als Erster, um die Haken zu testen. Zunächst geht auch alles gut und schon bald bist du gut zwanzig Meter über den Köpfen der Touristen.
Doch da passiert es: Einer der alten Haken rutscht aus dem Fels – und du stürzt in die Tiefe! Das ist dein

Ende

Irgendwann wird schon jemand kommen und dich retten. Glaubst du.

Wieder und wieder drückst du den Notruf. Nichts!

Schließlich hämmerst du verzweifelt an die Tür. Aber das bringt auch nichts!

Erschöpft setzt du dich auf den Kabinenboden und lehnst den Oberkörper an die Wand. Bald darauf nickst du ein.

Keine gute Idee. Denn die Atemluft in der Kabine nimmt immer weiter ab und ist schließlich komplett verbraucht.

Aus diesem Schlaf gibt es kein Erwachen …

Ende

„Vorsicht!“, rufst du. „Der Typ hat eine Pistole!“
Die beiden Fremden wollen in Deckung gehen, sind aber zu langsam. Kugeln fliegen durch die Luft.
Dann rafft der Mann mit der Waffe die Beute zusammen und lässt dich in der Höhle zurück.
Oh nein!, denkst du.
Wurden die Unbekannten etwa getroffen?
Trotz deiner gefesselten Hände und Füße gelingt es dir, dich über den Boden zu schieben. Ganz langsam kommst du voran.

Wenn du dich zum Ausgang der Höhle bewegst, lies weiter auf Seite 97

Wenn du zu den beiden Fremden willst, lies weiter auf Seite 76

Am nächsten Morgen erlebt ihr eine böse Überraschung. Denn als du Wasser holst, um Kaffee zu kochen, stellst du fest, dass eure Stechpaddel fehlen. Sie sind alle weg! Das darf doch wohl nicht wahr sein!
„Das muss jemand von den anderen Raftern gewesen sein", sagst du wütend zu deiner Gruppe. „Aber die sind schon vor uns aufgebrochen. Vielleicht haben die Typen ihre eigenen Paddel verloren und sich einfach bei uns bedient. So eine Frechheit!"
In diesem Moment legt ein anderes Boot am Ufer an. Ein Mann fragt freundlich, ob alles klar bei euch ist.
Du berichtest von eurem Pech.
„Hm … Ich könnte Ihnen Paddel verkaufen", bietet er an.
„Das wäre super!", freust du dich. „Dann können wir unsere Tour fortsetzen. Was wollen Sie dafür haben?"
„Pro Stück zweihundert Dollar", sagt er locker.
Du glaubst, dich verhört zu haben. Das ist viel zu viel! Der Mann will eure Notlage schamlos ausnutzen!

**Wenn du die Paddel kaufst,
lies weiter auf Seite** **92**

**Wenn du das nicht tust,
lies weiter auf Seite** **66**

Na ja, in Ordnung ist das eigentlich nicht. Schließlich helfen die anderen ja auch alle mit.
Aber du willst nicht gleich am Anfang der Tour Ärger mit den Gästen riskieren.
Also gönnst du den drei Männern ihren Spaß.
Doch der dauert nicht lange – denn plötzlich wird einer von ihnen von der Strömung abgetrieben. Er ruft um Hilfe, während seine Freunde wie gelähmt an einer seichten Stelle im Wasser stehen.
Deine Gedanken wirbeln – du musst etwas unternehmen, um den Mann zu retten. Zum Glück bist du ausgebildeter Rettungsschwimmer. Sonst dürftest du diese Tour auch gar nicht leiten.

**Wenn du auch ins Wasser springst,
um den Mann zu retten,
lies weiter auf Seite 17**

**Wenn du lieber ein Boot nimmst,
lies weiter auf Seite 41**

Wohin, wohin, wohin?
Kopflos rennst du in die Küche und willst durchs Fenster verschwinden.
In diesem Moment kracht ein Schuss und eine Kugel saust nur knapp an deinem Ohr vorbei. Instinktiv wirfst du dich auf den harten Fliesenboden. Du rutschst ein Stück, landest genau vor einem Mülleimer, packst ihn und schleuderst ihn deinem Verfolger entgegen.
Volltreffer! William geht in die Knie.
Schnell schnappst du dir eine schwere Pfanne und schickst den Gauner mit einem lauten *Bong!* ins Reich der Träume.
Ha! Das war doch schon mal ziemlich cool.
Plötzlich stürmen Luca und die anderen Entführer in die Küche. Mit der Pfanne schlägst du ihnen die Pistolen aus den Händen. Doch nun greifen sie dich mit Karate-Tritten an – und sie können das richtig gut. Die Männer treiben dich quer durch den Raum, bis du mit dem Rücken an eine Küchenzeile mit einigen Schubladen gedrängt bist. Aus den Augenwinkeln siehst du, dass auf der Küchenzeile auch ein Mixer steht.
Du prügelst wild mit der Pfanne um dich, um dir die Mistkerle vom Hals zu halten. Aber lange wirst du dich auf diese Art nicht mehr verteidigen können.

Wenn du in eine der Schubladen hinter dir greifst,
lies weiter auf Seite **23**

Wenn du den Mixer einsetzt,
lies weiter auf Seite **102**

Du greifst in die Hosentasche. Vielleicht kannst du heimlich den Notruf wählen und so Hilfe holen.
Doch der Leibwächter ahnt, was du vorhast. Er zieht seine Pistole und bedroht dich damit.
Dann durchsucht er dich und nimmt dir das Smartphone ab. Anschließend trittst du deine letzte Reise an – bald wirst du den Fischen im Hudson River Gesellschaft leisten …

Ende

Was für eine miese Abzocke! Aber was sollst du machen? Die Touristen haben bei „Adventure Holidays“ eine spannende Raftingtour gebucht und die funktioniert nun einmal nur mit Paddeln!
Zähneknirschend gibst du dem Halsabschneider das Geld.
Ihr könnt die Fahrt auf dem reißenden Colorado fortsetzen.
Es werden wunderschöne Tage, die die Touristen niemals vergessen werden.
Ohne weitere Zwischenfälle erreicht ihr euer Ziel. Die Touristen sind absolut begeistert von der Tour – und das ist auch dein Verdienst. Du wirst von allen Seiten gelobt und bekommst ordentliche Trinkgelder!

Ende

Mit zitternden Fingern machst du das Feuerzeug an und hältst es unter einen der schweren Vorhänge. Rasch züngeln die Flammen am Stoff hoch. Rauch steigt auf.
„He, was ist das, was stinkt hier so?“, brüllt einer der Clowns. „Oh, verdammt, da vorn brennt es!“
Aus deiner Deckung hinter den Pflanzen siehst du, wie zwei der Täter auf den Vorhang zustürmen. Der Dritte hält weiter die Geiseln in Schach.
Dichter Qualm wabert durch das Casino, die Rauchmelder heulen los, die Sprinkleranlage geht an. Die Männer reißen den Vorhang herunter, aber es nützt nichts. Das Feuer hat bereits eine Holzvertäfelung erfasst und breitet sich weiter aus.

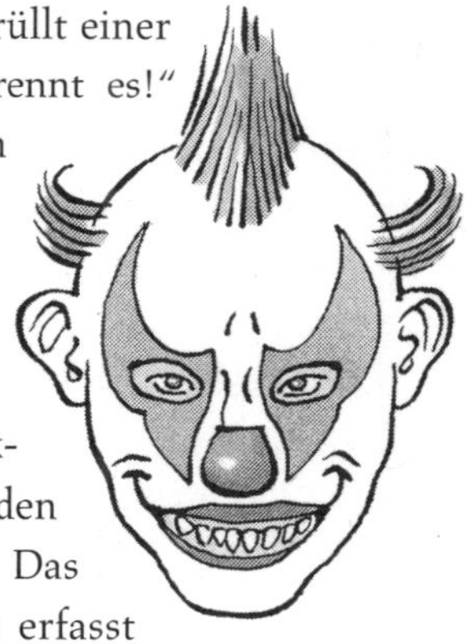

Wenn du dich auf die beiden Täter am Vorhang konzentrierst, lies weiter auf Seite 83

Wenn du dich um den Mann bei den Geiseln kümmerst, lies weiter auf Seite 106

Eine unglaubliche Wut packt dich. Was für miese Typen! Außerdem fühlst du dich für Luca von Winterberg verantwortlich. Ohne groß nachzudenken, steigst du in ein kleines Rettungsboot, wirfst den Außenbordmotor an und nimmst die Verfolgung auf.
Die Yacht der Gangster jagt in den East River und hält auf die Brooklyn Bridge zu, die die Stadtteile Manhattan und Brooklyn miteinander verbindet.
Du wirfst einen Blick zurück und siehst, dass ein anderes Boot neben eurem längsgegangen ist und deine Touristen an Bord nimmt – eine Sorge weniger!
Dann konzentrierst du dich wieder auf die Entführer. Inzwischen ist die Yacht langsamer geworden. Kurz vor der fast zwei Kilometer langen Hängebrücke legt sie an.
Die beiden Entführer treiben Luca von Winterberg vor sich her zu einem Auto. Dort unterhalten sie sich mit einem dritten Mann und du gewinnst wertvolle Zeit.
Nur eine Minute später legst auch du an und springst an Land. Doch genau in diesem Moment steigen die Gangster mit Luca in das Auto.

Wenn du einen Passanten nach einem Handy fragst, um die Polizei zu alarmieren, lies weiter auf Seite 59

Wenn du dir lieber ein Taxi nimmst, um die Gangster zu verfolgen, lies weiter auf Seite 70

Du hast die Situation völlig falsch eingeschätzt. Denn der Regen nimmt weiter zu, auch wenn das kaum vorstellbar ist. Rasch wird der Sandstreifen völlig überschwemmt. Als das Raft von den Wassermassen weggerissen wird, klammert ihr euch verzweifelt daran fest und versucht euch hineinzuziehen. Mit letzter Kraft gelingt es euch. Rasch legt ihr die Schwimmwesten an. Doch ihr habt keine Paddel …

Führungslos schießt das Raft über den wilden Fluss. Immer wieder werdet ihr gegen Felsen geschleudert. Schließlich kentert das Boot. Zum Glück könnt ihr alle sehr gut schwimmen, und dank der Westen gelingt es euch, die Köpfe über Wasser zu halten.

Der Colorado treibt euch mit sich und spült euch nach einiger Zeit an einer seichten Stelle an Land. Ihr habt alles verloren: eure Ausrüstung, den Proviant, das Boot – aber immerhin seid ihr am Leben geblieben.

Dennoch hast du einen schweren Fehler gemacht. Dein Boss Toni setzt dich nie wieder bei einer Raftingtour ein.

Ende

Es gelingt dir, den Ausgang zu erreichen. Du windest dich unter großen Schmerzen durch den Spalt und siehst über dir den Sternenhimmel.

Geschafft! Jetzt muss dich nur noch jemand finden und die Fesseln durchschneiden.

Du schiebst dich weiter über den Boden – doch plötzlich geht es steil bergab! Deine Hände sind gefesselt und du kannst dich nirgendwo festhalten …

Ende

98

Du willst den Touristen nicht den Spaß verderben und lässt das Geburtstagskind die Flasche öffnen. Was hast du dir nur dabei gedacht? Wie kannst du nur so verantwortungslos und leichtsinnig sein? Das ist im wahrsten Sinne des Wortes eine absolute Schnapsidee!
Es kommt, wie es kommen muss: Bei der nächsten Stromschnelle reagiert deine Gruppe nicht schnell genug. Das Boot kentert und ihr landet alle im eiskalten Wasser. Das Raft treibt ab. Es ist zwar zum Glück niemand verletzt, aber die Tour findet ein abruptes

Ende

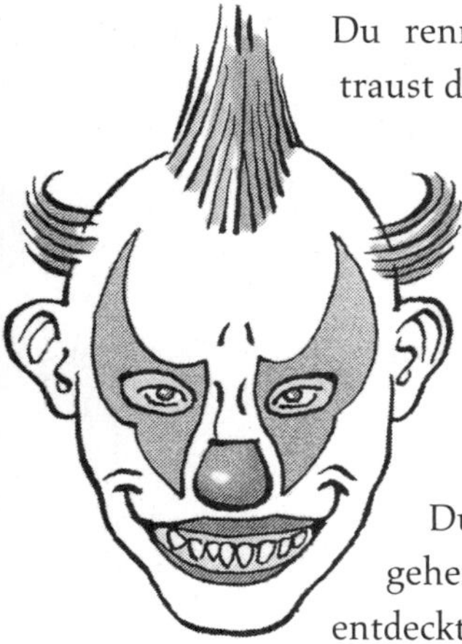

Du rennst aus den Toilettenräumen und traust deinen Augen nicht.

Fünf Gangster mit Clownsmasken bedrohen die Casinogäste mit Maschinenpistolen. Zwei der Clowns treiben gerade einen Angestellten in den Tresorraum des Casinos, die anderen sammeln mit einem Sack das Geld der Anwesenden ein.

Du willst schnell wieder in Deckung gehen, doch zu spät! Einer der Gangster entdeckt dich.

Nun musst du dich zu den anderen Besuchern stellen und die Clowns erleichtern auch dich um deine Wertsachen.

Wenige Minuten später sperren sie euch in den geplünderten Tresorraum und entkommen unerkannt mit der Beute.

Okay, du hast deinen Urlaubern Action versprochen – aber das war dann doch ein bisschen zu viel …

Ende

Du verzichtest lieber, und die Hopi-Wächter bringen dich
100 zum Ausgang der Höhle.

Dort wünschen sie dir eine gute Nacht.

„Was geschieht mit dem Dieb?", fragst du die Männer.

„Wir übergeben ihn morgen der Polizei", lautet die Antwort.

Du nickst und verabschiedest dich.

Schweigend gehst du durch die Nacht zu eurem Zeltplatz zurück. Dabei kommst du zu der Überzeugung, dass du die heilige Höhle nie wieder betreten wirst – denn du hast gesehen, was dabei geschehen kann. Du fürchtest, unabsichtlich wieder einen gierigen Menschen dorthin zu führen. Das willst du nicht riskieren.

Ende

Zunächst geht alles gut und deine Gruppe kommt schnell voran – trotz der sengenden Hitze, trotz des umfangreichen Gepäcks, trotz des permanenten Anstiegs, den ihr bewältigen müsst.
Doch dann, kurz vor eurem ersten Etappenziel, kommt es, wie es kommen muss. Der Tourist mit den Turnschuhen knickt um und schreit auf.
Sofort kümmerst du dich um ihn und erkennst, dass sich der Mann den Knöchel verstaucht hat. An ein Weitergehen ist nicht zu denken.
Na großartig, denkst du dir. Das war es dann mit der Tour …
Du musst sofort Hilfe organisieren und das ist in dieser abgelegenen Gegend nicht gerade leicht. Vor allem kostet es viel Zeit.
Die anderen Touristen sind sauer auf dich, weil die Tour abgebrochen wird. Dein Chef Toni ist es auch. Er wirft dir unverantwortliches Verhalten vor. Niemals hättest du einen Touristen mit unpassendem Schuhwerk mitnehmen dürfen!
Toni feuert dich.

Ende

Zwei gut platzierte Tritte, ein weit ausholender Schlag mit der Pfanne – und schon müssen deine Gegner ein wenig zurückweichen.
Blitzschnell drehst du dich um und packst den Mixer. Wie schön, dass er randvoll gefüllt ist! Du reißt den Deckel runter, zielst auf die Angreifer und drückst den Startknopf.
Wow, das fetzt!
Luca und seine Komplizen bekommen eine ordentliche Ladung Bananenbrei mitten ins Gesicht. Für einen Moment hast du ihnen die Sicht genommen. Das ist deine Chance! Du haust Luca den Mixer um die Ohren, sodass er bewusstlos zu Boden geht. Die beiden angeblichen Entführer wischen sich gerade den Brei aus den Augen. Dem einen trittst du das Bein weg, sodass er hart auf den Boden kracht. Der andere sieht nur noch, wie deine Faust auf ihn zufliegt.
Was für ein Schlag! Knock out!
Sofort rufst du die Polizei, die wenige Minuten später vor Ort ist und die Kerle festnimmt. Natürlich erfährt auch Lucas Vater vom Ausgang der „Entführung“. Er ist entsetzt darüber, wie weit sein Sohn gegangen wäre, um sich das Familienvermögen unter den Nagel zu reißen.
Als Dank für deinen heldenhaften Einsatz bekommst du von dem Millionär 100.000 Dollar. Was für ein Tag!

Ende

Du behauptest, dass sich die echten Diamanten in einem Lagerschuppen am Fluss befinden.
Kurz darauf fahrt ihr in dem Oldtimer durch das nächtliche New York. Der Bodyguard steuert den Wagen, du musstest auf dem Beifahrersitz Platz nehmen. Don Frederico sitzt hinter dir und hat eine Pistole auf dich gerichtet.
Dir fällt auf, dass die beiden Männer im Gegensatz zu dir nicht angeschnallt sind. Da hast du eine Idee …
Mit einer schnellen Bewegung greifst du nach links und reißt das Steuer herum.
„Was macht du da?“, brüllt der Fahrer und versucht gegenzulenken. Doch er kann nicht verhindern, dass das Auto über den Bordstein scheppert und gegen einen Lichtmasten kracht. Du wirst nach vorn geschleudert, doch der Gurt rettet dich. Den Mafiosi ergeht es dagegen schlecht – da der Oldtimer keine Airbags hat, knallt der Bodyguard unsanft gegen die Frontscheibe und Don Frederico wird aus dem Auto geschleudert. Beide sind bewusstlos. Nun kannst du in Ruhe die Polizei alarmieren, die die Verbrecher auffliest. Auch Hans Haber wird festgenommen.
Du erhältst eine fürstliche Belohnung und kannst den anderen Touristen aus deiner Gruppe am nächsten Tag eine tolle Geschichte erzählen!

Ende

Deine Taktik hat doch super geklappt, das funktioniert bestimmt noch einmal, glaubst du – und irrst dich gewaltig. Denn die verbliebenen drei Täter sind misstrauisch geworden. Während einer von ihnen die Geiseln in Schach hält, kommen die anderen beiden zusammen in den Toilettenraum – und gegen zwei Typen gleichzeitig hast du keine Chance, obwohl du dich verzweifelt wehrst.

Ende

Während das Feuer um sich greift und der Qualm immer dichter wird, robbst du dicht an den Boden gepresst auf den einzelnen Gangster zu. Der Mann in der Clownsmaske ist vollauf damit beschäftigt, seine Geiseln zu bewachen, und bemerkt deshalb nicht, wie du ihm immer näher und näher kommst. Schließlich springst du auf und richtest das Gewehr auf ihn.

„Waffe runter!", zischst du.

Der Typ gehorcht.

Du packst ihn und sagst: „Eine falsche Bewegung, und es war deine letzte!"

Dann brüllst du den Kerlen am Vorhang zu: „Ich habe euren Komplizen. Gebt auf und legt die Knarren weg!"

Die beiden wirbeln herum. Sie wirken überrascht, legen ihre Waffen aber nicht ab.

Du packst den Clown noch fester. „Ich meine es ernst!"

Da lassen die beiden anderen Gangster ihre Gewehre fallen. Während du sie in Schach hältst, schickst du die Geiseln aus dem Casino, wo sie von Polizisten und Sanitätern in Empfang genommen werden. Kurz darauf stürmt eine Sondereinheit der Polizei das brennende Casino, nimmt die Gangster fest und evakuiert dich.

Du bist der Held des Tages, ganz Las Vegas feiert dich!

Ende

Ankunft spät abends in Las Vegas! Vom McCarran International Airport nimmst du ein Taxi zu dem Hotel, in dem du dich mit deiner Reisegruppe treffen wirst.
Diese Stadt begeistert dich immer wieder aufs Neue. Egal in welche Richtung du blickst – du kannst dich einfach nicht sattsehen! Vor allem, als das Taxi auf den berühmten „Las Vegas Strip" einbiegt. Rechts liegt das Hotel „Tropicana" mit seinen vielen Palmen und dem berühmten Casino, links folgt kurz darauf das Hotel „New York – New York" mit einer hauseigenen Achterbahn davor. Überall funkeln Neonlichter, blinken Reklametafeln, wummert Musik, flanieren gut gelaunte Leute.
Diese Stadt kommt ähnlich wie New York nie zur Ruhe. Las Vegas ist einfach der Wahnsinn!
Gleich morgen Früh wirst du dich mit den Touristen treffen. Aber heute Abend hast du noch frei.
Nachdem du im Hotel eingecheckt und dein Zimmer bezogen hast, klingelt das Telefon.
„Hallo", sagt eine weibliche Stimme. „Lust auf ein Spiel?"
Du lachst. „In Las Vegas? Wer spielt hier nicht?"
„Ich meine kein normales Spiel", sagt die Frau. Es kommt dir ein bisschen seltsam vor, dass sie sich nicht mit ihrem Namen vorgestellt hat. „Ich meine ein Spiel mit sensationellen Gewinnchancen an einem geheimen Ort. Das ist Ihre einmalige Chance, sehr schnell reich zu werden."

**Wenn du dabei bist,
lies weiter auf Seite** **18**

**Wenn du ablehnst,
lies weiter auf Seite** **51**

Im letzten Licht des Tages lauft ihr dem Puma hinterher. Sicherheitshalber nimmst du eine Taschenlampe mit.
Die knapp zwei Meter lange Raubkatze mit dem kurzen dichten Fell springt elegant über ein paar Felsen immer tiefer hinab in den Canyon und bleibt schließlich auf einem kleinen Plateau stehen.
Der Tourist zückt die Kamera und macht ein paar Fotos.
„Hm, nicht so toll", urteilt er. „Wir müssen noch näher ran."
Du zögerst.
Um zum Plateau zu gelangen, müsst ihr eine gefährliche Kletterpartie wagen – und das bei diesen schlechten Lichtverhältnissen …

Wenn du hinabsteigst,
lies weiter auf Seite **19**

Wenn du abwarten und den Puma
erst einmal weiter beobachten willst,
lies weiter auf Seite **52**

Du willst gerade an den Stahlseilen in die Höhe klettern, als sich der Aufzug plötzlich wieder in Bewegung setzt – und zwar in einem Höllentempo! Du lässt dich auf die Knie fallen und klammerst dich verzweifelt am Rand der Luke fest.
Der Lift schießt mit dir nach oben, die Etagen fliegen an dir vorbei.
Du schaust nach oben – und wirst bleich!
Das Ende des Schachts kommt rasend schnell näher. Du schreist auf und willst dich zurück in die Kabine ziehen, doch es ist zu spät …

Ende

Du machst die Taschenlampe aus, duckst dich hinter einen Felsbrocken und schaust zurück. Zunächst ist niemand zu sehen und du glaubst schon, dich geirrt zu haben – doch plötzlich bemerkst du einen Schatten, der langsam näher kommt. Wer ist das?
Jetzt ist der Schatten nur noch wenige Schritte von dir entfernt. Du hältst den Atem an und starrst in die Nacht.
Ein großer Mann huscht völlig geräuschlos an dir vorbei – wie ein Geist. Dann verschwindet er in der Dunkelheit.
Du wartest ein paar Minuten, bevor du dich erneut auf den Weg machst. Dabei schaust du dich immer wieder um, aber von der unheimlichen Gestalt ist weit und breit nichts mehr zu sehen.
Nach einer anstrengenden Kletterpartie hinunter in den Canyon erreichst du schließlich dein Ziel: einen gezackten Riss in der Felswand, gerade breit genug, dass du dich hindurchzwängen kannst. Dahinter soll sich eine sagenumwobene Höhle befinden, die eine heilige Stätte der Hopi war. Die Hopi sind ein sehr religiöser Indianerstamm, der einst Teile des Canyons bewohnte. Ein Freund von dir, in dessen Adern indianisches Blut fließt, hat dir von dieser Höhle erzählt. Jetzt willst du die Touristentour nutzen, um sie heimlich zu erkunden.
Doch plötzlich dringt ein furchtbares Heulen aus der Höhle.

Wenn du sie betrittst,
lies weiter auf Seite **80**

Wenn du das lieber lässt,
lies weiter auf Seite **113**

Ihr ruft laut um Hilfe und winkt anderen vorbeifahrenden Schiffen zu. Nur wenig später werdet ihr gerettet.
Natürlich benachrichtigst du sofort die Polizei, doch von den Entführern und ihrem Opfer fehlt zunächst jede Spur.
Tags darauf melden sich die Täter bei Wilhelm von Winterberg und erpressen ein hohes Lösegeld. Luca von Winterberg kommt unverletzt frei.
Du bist erleichtert, weil ihm nichts passiert ist. Doch du machst dir auch Vorwürfe – du hättest diesem seltsamen William niemals trauen dürfen. Dann hättest du die Entführung womöglich verhindern können.

Ende

112

Die Knarre in der Hand macht dich mutig. Du glaubst, es mit den verbliebenen vier Gangstern locker aufnehmen zu können. Du sprintest aus deinem Versteck, richtest die Waffe auf die Clowns und brüllst: „Waffen weg, Hände hoch – das Spiel ist aus!"

Drei der Typen gehorchen und du bist schon siegesgewiss. Doch der vierte Gangster gibt nicht so schnell auf. Er duckt sich, zielt und schießt. Seine Kugel gilt dir.

Ende

Was kann das sein?, fragst du dich. Dir stehen die Haare zu Berge.
Schnell fliehst du von diesem unheimlichen Ort. In Windeseile kletterst du wieder nach oben. Hinter dir glaubst du eine Stimme zu hören – und wieder dieses Heulen.
Jagt dich jemand?
Du wirfst einen hektischen Blick über die Schulter, kannst aber niemanden entdecken.
Weiter, weiter!
Doch du bist zu schnell, zu unkonzentriert, zu panisch – und plötzlich verlierst du den Halt und stürzt ab …

Ende

114 Du stellst dich hinter die Tür, die kurz darauf aufschwingt. Ein Mann mit Clownsmaske tritt in den Raum. Blitzschnell springst du von hinten an ihn heran und willst ihn niederschlagen. Doch dein Gegner bemerkt den Angriff rechtzeitig. Er duckt sich, wehrt deine Attacke ab und verpasst dir einen Schlag, der dich nach hinten schleudert. Dann fliegt ein Messer auf dich zu.

Ende

Im Hotel führst du die Gangster zum Zimmer von Herrn Haber. Dort, so behauptest du einfach frech, seien die echten Diamanten.
Du klopfst an, nennst deinen Namen und sagst: „Besuch für Sie, Herr Haber."
Haber späht durch den Spion. Als er sieht, wer dort steht, verschließt er hastig die Tür von innen. Aber das interessiert Don Frederico und seinen Komplizen herzlich wenig. Mit gezückten Waffen treten sie sie ein.
Du wirfst dich vorsichtshalber auf den Boden.
Gute Entscheidung, denn schon wird die Luft extrem bleihaltig.
Haber feuert mit einer Pistole auf die Angreifer. Er benutzt einen Schalldämpfer, deshalb ist nur ein leises *Plopp-plopp-plopp* zu hören. Die Kugeln verfehlen ihr Ziel offenbar, denn jetzt krachen schwere Schüsse aus den Waffen der beiden Mafiosi. Du hebst den Kopf ein wenig und siehst, wie die Kugeln Vasen, Lampen, Scheiben und das Kopfkissen treffen. Glas, Scherben und Federn fliegen durch die Luft. Du robbst aus der Schusslinie und willst die Polizei alarmieren. Doch das ist bereits geschehen.
Wenig später sind die Beamten da und stürmen das Hotelzimmer. Doch die Gangster haben sich bereits gegenseitig ausgeschaltet und sind verletzt. Die Polizei hat keine große Mühe, die Typen einzusammeln.
Und du bekommst eine hohe Belohnung!

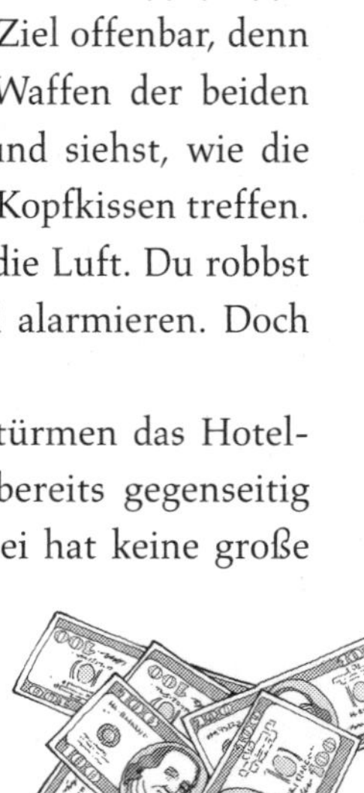

Ende

Leseprobe aus dem
Ravensburger Taschenbuch 52550
„Die Safari der 1000 Gefahren“
von Fabian Lenk

Sie kommen!
Der Boden bebt, Staub wird aufgewirbelt. Lautes Trompeten zerreißt die Stille über dem zwanzigtausend Quadratkilometer großen Kruger National Park in Südafrika.
Du bist Bill, ein junger Ranger im Park. Mit deiner Kollegin Leila, die ebenso pfiffig wie vorlaut ist, hockst du auf einem großen Baobab-Baum, die Kameras im Anschlag. Hoffentlich gelingen euch tolle Fotos! Die wollt ihr auf der Website des Parks veröffentlichen, um noch mehr Werbung für das berühmte Schutzgebiet zu machen.
Eine Elefantenherde donnert heran, angeführt von einer knapp drei Tonnen schweren Leitkuh. Hinter ihr laufen neun weitere Kühe mitsamt ihrem Nachwuchs.
„Hast du die jungen Bullen in der Herde gesehen?", ruft Leila dir zu.
„Klar", erwiderst du hinter deiner Kamera.
„Die werden nicht mehr lange zur Herde gehören. Wenn sie acht Jahre alt sind, werden sie von den Kühen verstoßen", sagt Leila und lacht. „Kluge Entscheidung. Mit jungen Typen hat man ja meistens nur Ärger!"
Du zeigst Leila einen Vogel. „Was soll denn das heißen? Mit jungen Typen gibt es wenigstens keinen Zickenalarm!"
Dann konzentrierst du dich wieder auf deine Arbeit. Blöder Staub!

Lies weiter auf Seite 8

8

Die Herde marschiert an eurem Baum vorbei und verschwindet in einer Staubwolke.
„Das war wohl leider nichts“, sagst du enttäuscht.
„Nein, die Fotos können wir vergessen“, meint auch Leila und klettert vom Baum. „Und jetzt sollten wir schnell zurück zum Camp. Gleich ist Teambesprechung.“
Mit einem Jeep fahrt ihr zum Letaba-Camp, das am gleichnamigen Fluss liegt. Letaba ist ein Wort aus der Sotho-Sprache und bedeutet übersetzt so viel wie „sandiger Fluss“.
Das Camp liegt an einer leichten Biegung des Letaba und besteht aus mehreren Gästehäusern, Bungalows, Hütten und einem Zeltplatz. Große Bäume spenden Schatten.
Von hier aus können die Touristen zu Safaris aufbrechen, um die Big Five in freier Wildbahn zu beobachten. Zu den Big Five gehören neben den Elefanten die Löwen, Leoparden, Büffel und Nashörner.
Aber es gibt noch viele andere Tiere im Kruger National Park: über fünfhundert Vogel-, knapp einhundertfünfzig Säugetier-, etwa fünfzig Fisch- und über einhundert Reptilienarten.
Bei den Ausflügen werden die Besucher von Wildhütern wie dir und Leila begleitet. Ihr müsst dafür sorgen, dass die Touristen wieder sicher ins Camp zurückkehren.

Lies weiter auf Seite 78

Du saust los, deine Füße trommeln über die Tragfläche – gleich musst du den weiten Sprung wagen!
Doch kurz vor dem Ende des Flügels passiert es: Du rutschst auf der nassen Oberfläche aus! Verzweifelt versuchst du, das Gleichgewicht zu halten, doch du schaffst es nicht und fällst ins Wasser.
Und die Krokodile? Die stürzen sich auf dich!

Ende

Ihr legt euch wieder schlafen.

10 Am nächsten Morgen verlasst ihr die Pension und macht euch auf die Suche nach Big Smash. Doch angeblich hat noch nie jemand diesen Namen gehört.

Ihr gebt euch wirklich alle Mühe und grast das ganze Viertel ab. Umsonst.

Unverrichteter Dinge kehrt ihr in den Kruger National Park zurück. Ihr seid natürlich ziemlich enttäuscht.

Teamleiter Jack aber ist froh, dass euch in Johannesburg nichts zugestoßen ist. Er versucht euch aufzumuntern und hat einen neuen Auftrag für euch: Ihr sollt mithelfen, ein paar junge männliche Löwen einzufangen. Der Grund: Die Tiere sorgen für blutige Revierkämpfe im Park, weil sie versuchen, die alten Rudelführer zu verdrängen. Diese Kämpfe sollen nun eingedämmt werden.

Ihr seid mit Feuereifer dabei!

Lies weiter auf Seite 48

Mit einem Jeep fahrt ihr ein Stück die Mopani Letaba Road in Richtung Norden und überquert schließlich den Fluss Letaba. Jetzt ist es nicht mehr allzu weit bis zur Grenze zu Mosambik, das im Nordosten von Südafrika liegt.
Aus dem Nachbarland kommen immer wieder Wilderer in den Kruger National Park. Deshalb seid ihr hier auf Patrouille.
„Halt mal an!“, ruft Leila dir plötzlich zu. „Da sind Reifenspuren.“
Ihr stoppt.
„Hm, die Spur könnte auch von einem unserer Jeeps stammen“, sagst du.
„Ja, oder von einem Auto der Wilderer“, erwidert Leila. „Was meinst du: Sollen wir der Spur folgen?“

Wenn du dafür bist,
lies weiter auf Seite 15

Wenn du dagegen bist,
lies weiter auf Seite 62

12

Mit Leila willst du den international bekannten Tierfilmer Roy Mitchell aus den USA und sein Team begleiten.
„Könnt ihr mich zu einer Stelle führen, wo ich Elefanten filmen kann?", fragt Mitchell euch.
Klar, das könnt ihr. Schließlich kennt ihr den Park in- und auswendig.
„Ich würde vor allem gerne die Mütter mit ihren Kälbern aufnehmen", ergänzt der Filmprofi.
„Das ist riskant – Elefantenkühe können sehr aggressiv werden, wenn man ihrem Nachwuchs zu nahe kommt", warnst du.
„Keine Sorge, ich habe ein sehr starkes Teleobjektiv", sagt Mitchell mit einem Augenzwinkern. „Und es würde sich für euch lohnen. Ich gebe jedem von euch tausend Dollar extra."
Jetzt gerätst du doch ins Grübeln.

**Wenn du ablehnst,
lies weiter auf Seite** 95

**Wenn du dich darauf einlässt,
lies weiter auf Seite** 18

Ravensburger Bücher

1000 GEFAHREN
DU ENTSCHEIDEST SELBST!

Starke Gladiatoren

ISBN 978-3-473-52498-3

Gefährliche Pläne

ISBN 978-3-473-52501-0

www.ravensburger.de

Ravensburger